Collana
Comunicazione, Teorie e Tecniche

Maria Colombari

COLPIRE IL BERSAGLIO

Regole e segreti per una comunicazione efficace

Maria Colombari
Colpire il bersaglio
Regole e segreti per una comunicazione efficace

Editori di Comunicazione srl
Via Malachia Marchesi de Taddei 3 – 20146 Milano
Tel 02 202025 – Fax 02 20404340
redazione@lupettieditore.it
www.lupetti.com

Distribuito da Messaggerie Libri
Isbn 978-88-8391-334-1

Indice

Introduzione

Il vero viaggio di scoperta non consiste
nel cercare nuove terre ma nel vedere con nuovi occhi.
Marcel Proust

A un certo momento della nostra vita, personale e lavorativa, ci troviamo a porci delle domande su noi stessi, sul rapporto con gli altri, sulla qualità delle nostre relazioni interpersonali e sul raggiungimento degli obiettivi. Cerchiamo delle risposte che confermino la validità dei nostri comportamenti oppure che ci mettano nella condizione di aprire la strada al cambiamento. Ognuno di questi interrogativi gravita intorno alle nostre abilità comunicative.

Da dove cominciare?

Il passo più importante l'abbiamo già fatto: ci siamo guardati dentro e ci stiamo guardando attorno. Ci siamo resi conto che la felicità dipende dalla qualità della vita e che questa "qualità" dipende strettamente dalle relazioni interpersonali e dal livello di autorealizzazione.

In altre parole stiamo parlando di comunicazione o, meglio, di competenza comunicativa, una qualità che dobbiamo impegnarci a sviluppare per poterla utilizzare nel quotidiano ma anche per riconoscerla nell'altro.

Per conquistare questo risultato faremo un viaggio che, come ogni viaggio, ci metterà di fronte a difficoltà da superare ma ci condurrà anche a momenti di soddisfazione ricchi di nuove informazioni che ci aiuteranno ad attivare quelle competenze comunicative brillanti ed efficaci che da sempre avremmo voluto praticare nell'ambiente in cui ci troviamo a operare.

Le nostre tappe prevedono impegno e riflessione, ma offriranno anche angoli di relax dove ritemprarci e imparare con facilità regole e segreti.

> Anche un viaggio di mille leghe comincia con un piccolo passo.
> *Lao Tze*

1.

La comunicazione nella storia

In questo viaggio tratteremo di comunicazione. Solo di recente è stata considerata una disciplina da inserire nei programmi di studio. Eppure l'uomo comunica da sempre mandando e ricevendo segnali, cioè messaggi perché non si può non comunicare.

Il primo a parlare di comunicazione è stato Nietzsche in un aforisma del 1882:

> Laddove il bisogno, la necessità hanno lungamente costretto gli uomini a comunicare tra loro, a comprendersi l'un l'altro in maniera rapida e sottile, esiste alla fine un eccesso di questa forza e arte della comunicazione, per così dire una facoltà che si è gradualmente potenziata e che aspetta ora soltanto un erede che ne faccia un prodigo uso [...]; è lecito procedere alla supposizione che la coscienza in generale si sia sviluppata sotto la pressione del bisogno di comunicazione, che sia stata all'inizio necessaria e utile soltanto tra uomo e uomo [...] e che soltanto in rapporto al grado di questa utilità si sia inoltre sviluppata.

Il fatto che prima di allora non si fosse approfondito a livello teorico il dibattito sulla comunicazione, significa semplicemente che i tempi non erano ancora maturi per questo tema, il quale avrebbe sviluppato effetti trasversali sulla cultura del tempo che, evidentemente, non era ancora pronta. Infatti, il silenzio comunicativo è un chiaro indicatore dell'epoca in cui si manifesta.

Ogni messaggio prevede che ci siano due soggetti (emittente e destinatario) da porre sullo stesso piano di importanza per la comunicazione, e questo aspetto di civiltà si è potuto realizzare soltanto in modo graduale. Infatti lo scambio comunicativo rintracciabile precedentemente era a due piani: chi dava gli ordini e chi li eseguiva.

Il passaggio di ordini da un soggetto a un altro ha un andamento verticale:

comunicazione verticale

emittente
↓
destinatario

Il cammino della comunicazione passa attraverso tappe di civiltà individuali e sociali. Nel contesto comunicativo verticale i due soggetti sono su piani differenti e, nella dinamica relazionale, il destinatario è subordinato all'emittente.

Con l'evoluzione sociale e culturale, anche la comunicazione è cambiata, assumendo dapprima un movimento orizzontale che comportava pari dignità per i due soggetti coinvolti e, successivamente, secondo una visione più attuale, una forma circolare in cui i soggetti interagiscono tra loro.

comunicazione orizzontale

emittente → destinatario

comunicazione circolare

emittente → destinatario → feedback

In questo schema di comunicazione l'emittente è colui che invia il messaggio, il destinatario è colui a cui è diretto e il feedback (la retroinformazione) è il terzo elemento, quello che ha modificato il modo di comunicare. Questo elemento ci consente di sapere se abbiamo attivato una buona comunicazione, cioè se il destinatario ha decodificato esattamente il nostro messaggio. Ci informa anche in merito a caratteristiche di qualità e distorsione della comunicazione, consentendoci di plasmare il messaggio originario a misura del destinatario.

Se il feedback non viene correttamente inviato, l'atto comunicativo si arresta, la comunicazione non ha funzionato, ovvero ha funzionato in modo distorto: non è stata una buona comunicazione, non abbiamo attivato un approccio assertivo, non siamo stati buoni comunicatori. Abbiamo perso un'occasione per promuovere una comunicazione efficace.

La comunicazione passa attraverso aggiornamenti e modifiche perché è un processo dinamico e sempre estremamente contemporaneo, nel senso che segue strettamente lo svolgersi dei fenomeni sociali i cui cambiamenti sono sotto gli occhi di tutti.

Le modifiche avvengono attraverso una continua amplificazione del concetto comunicativo, una contaminazione da considerare come un'apertura, un viaggio verso mondi possibili e altri. La comunicazione riesce a mixare linguaggi diversi creandone uno nuovo che ci consente un percorso inedito e ricco di soddisfazioni.

Attualmente stiamo assistendo a un grande fenomeno di questo tipo, come rileveremo nelle parti successive del libro: basti pensare all'intervento dei nuovi media che si connettono, si sovrappongono, si affiancano ai media tradizionali inaugurando la possibilità di un uso promiscuo dei differenti mezzi di comunicazione.

Tutte contaminazioni che viviamo ogni giorno, anche contro la nostra volontà, nelle quali siamo coinvolti, che ci cambiano e ci spostano su canali privilegiati di autorealizzazione. È il percorso di una comunicazione che deve andare avanti, entrare nelle nuove forme di società e di socialità relazionale.

Facciamo una breve riflessione sulla comunicazione della nostra epoca in cui avviene un fatto singolare: si crea un grande numero di contatti ma non necessariamente di incontri. I media, infatti, riducono la fisicità dell'incontro a un'esperienza virtuale.

Mentre viviamo l'illusione di una maggiore comunicazione, in realtà si alimenta in noi il senso di vuoto. Con internet comunichiamo protetti dall'anonimato; i cellulari, per contro, danno una forte dipendenza e sviluppano un fenomeno tipico di solitudine che, per molti soggetti interpellati in merito, ha "il colore della notte".

> Ci telefoniamo perché solo nel chiamarci a lunga distanza, si perpetua il richiamo della lontananza, il grido di quando la prima grande crepa della deriva dei continenti si è aperta sotto una coppia di esseri umani.
> *Italo Calvino*

Capire l'importanza della comunicazione nella nostra vita è anche comprendere che cosa significhi "assertività": proporre, sostenere, promuovere se stessi. Ma dobbiamo sempre tenere presente l'importanza della contaminazione, cioè la possibilità di essere coinvolti in processi di ampliamento mentale che ci consentono di crescere continuamente.

Come attivarci in tal senso?

Imparando a comunicare efficacemente, in modo corretto; acquisendo una buona competenza nella globalità delle forme comunicative.

◎ In pillole

> Ricorda che nel corso della tua vita professionale, personale e sociale ti potresti trovare nella condizione di vivere situazioni di comunicazione verticale, non soltanto se ti trovi in territori dove vige un regime totalitario, ma anche quando sono previste responsabilità differenti, quindi impartire o ricevere ordini a livello professionale.

> Se sei tu a impartire ordini, tieni sempre presente l'importanza di riuscire a definire correttamente la tua comunicazione. Pertanto cura il tono della voce, che deve rimanere fermo ma cordiale; utilizza parole appropriate e pertinenti ma pronunciate in modo chiaro e del tutto comprensibile.

- Rimani sempre psicologicamente disponibile per rispondere a richieste di precisazioni e approfondimenti. Ricorda che il messaggio avrà raggiunto il suo obiettivo soltanto se risulterà esattamente nei termini che tu volevi dargli.
- Se sei in condizione di dover eseguire l'ordine che ti viene impartito, ricorda la necessità di mostrare una buona disponibilità alla sua esecuzione e una apertura mentale che dimostri l'accettazione dei rispettivi ruoli gerarchici. Questo non ti impedirà di muoverti per prepararti a ruoli più soddisfacenti.

2.

Comunicazione risorsa vitale

Comunicare è un bisogno primario che partecipa alla conservazione della specie. L'uomo non può non comunicare e comunica prima di nascere, quando è ancora nel grembo materno.

L'imperatore Federico II Hohenstaufen, l'ultimo grande imperatore dell'Europa medievale, nel 1200 cercò di scoprire quale fosse la lingua originaria dell'uomo. Ordinò di allevare un certo numero di bambini con tutte le cure necessarie, ma senza che le balie profferissero parola alcuna. Voleva creare una condizione di vuoto linguistico per fare emergere la lingua spontanea, naturale. I bambini morirono tutti.

La spiegazione di questo drammatico esito ci è offerta dai moderni studi sulla psicologia infantile che rivelano come il neonato, per svilupparsi, abbia bisogno, oltre che di nutrimento e calore, anche di parole, quindi di comunicazione. È stato infatti accertato che i soggetti che da piccoli sono vittime di carenza comunicativa, da grandi svilupperanno significative difficoltà relazionali.

Possiamo affermare, quindi, che esiste una connessione intima tra vita e comunicazione. Ma sappiamo, inoltre, che l'uomo ha bisogno di comunicare, oltre che per garantirsi la sopravvivenza, anche per:

- avere una coscienza di sé
- conquistare e mantenere un equilibrio emotivo.

Infatti, con l'isolamento, la sfera emozionale produce gravi alterazioni fino a favorire allucinazioni e delirio.

Nella società attuale è riscontrabile una forte propensione all'individualismo. Questo modo di vivere deteriora e impedisce le relazioni, con grande impoverimento della persona. Si vive pensando che il tempo sia denaro e si ha sempre più la drammatica sensazione di non avere tempo, con la conseguenza di un forte stress cui non si sa trovare rimedio e che peggiora la qualità della vita.

Il Papalagi

È il titolo di un piccolo libro dove vi si racconta l'esperienza di Tuiavii, un capo indigeno delle isole Samoa nella Polinesia. Una sorta di trattato etnologico al contrario, dal momento che, rovesciando la prospettiva dei trattati occidentali, un intellettuale samoano osserva e valuta i costumi della "tribù dei bianchi". Un testo illuminante per noi occidentali.

> Il Papalagi ama, sopra ogni cosa, ciò che non si può afferrare e che pure è sempre presente: il tempo. Sebbene non ce ne sia mai più di quanto ne possa stare fra il levare e il cadere del sole, il Papalagi è sempre scontento del suo tempo e si lamenta con il Grande Spirito perché non gliene ha dato abbastanza. Così si rovina ogni giorno tormentandosi con il pensiero: "non ho tempo di essere contento". Il tempo è lì ma, con tutta la sua buona volontà, lui non lo vede. Il Papalagi impiega tutte le sue energie e consuma tutti i suoi pensieri per rendere sempre più pieno il suo tempo, dà ali alle sue parole, sempre per avere più tempo.
> E perché tutta questa gran fatica?
> Che cosa ne fa alla fine il Papalagi del suo tempo?
> Non sono mai riuscito a capirlo del tutto. Io credo che il tempo gli sfugga come una serpe sfugge da una mano bagnata, proprio perché lui cerca di tenerlo così stretto. Gli sta appresso e gli dà la caccia con le mani tese, non gli consente alcuna sosta. Il Papalagi non ha compreso il tempo, non lo riconosce per quello che è, e

perciò lo maltratta in quel modo con i suoi rozzi costumi. Ma il tempo è silenzioso e ama la pace e la calma e lo stare distesi su una stuoia.
O miei cari fratelli! Noi non ci siamo mai lamentati del tempo, non ce ne occorre più di quanto ce ne è dato e ne abbiamo sempre quanto basta. Dobbiamo liberare il povero, smarrito Papalagi dalla sua follia, dobbiamo ridargli il suo tempo. Dobbiamo distruggere la sua piccola macchina del tempo e annunciargli che dal levarsi al calare del sole c'è molto più tempo di quanto un uomo può aver bisogno.

Non è che abbiamo poco tempo: ne sprechiamo molto.
Seneca

Il nostro modo individualistico di vivere induce competitività e ostilità verso gli altri. Le nostre città sono sempre più vissute come luoghi di isolamento, con una conseguente fragilità psicologica e sofferenza individuale e sociale. Occorre ricercare un equilibrio tra individualità e coesistenza sociale. Come?
Riuscendo a imparare e a praticare una comunicazione efficace a livello personale e professionale, acquisiamo una competenza che induce buone relazioni e permette di:

- interagire al meglio con l'altro
- lavorare in team in modo piacevole e proficuo
- condurre trattative al meglio
- esercitare influenze sugli altri non sottoforma di manipolazione ma per giungere a risultati soddisfacenti e condivisibili.

Dalla mancanza di competenza comunicativa nascono invece:

- relazioni conflittuali
- inefficienze organizzative
- incidenti diplomatici
- scontri personali insanabili.

Tutto questo induce cattive relazioni e una scadente qualità della vita.

◎ **In pillole**

> Cerca di controllare il tempo da dedicare al tuo interlocutore in modo da condurre un incontro sereno e produttivo: questa è la base indispensabile per una relazione efficace. Se ti riesce difficile, pensa al Papalagi e alle molte cose che deve imparare dai samoani: è un modo intelligente per incominciare nuovi programmi.

> Prima di parlare pensa bene a ciò che vuoi dire per non trovarti scoperto e tentennante su un pensiero ancora non esattamente formulato o sulle parole che vuoi usare. Ricorda che, prima di tutto, sei tu a dovere credere in ciò che vuoi proporre, diversamente ti giochi la tua immagine.

> La riflessione è molto importante se si vuole interagire; occorre fare una breve sosta davanti allo specchio e scoprire dal nostro viso cose che l'altro vede e che spesso sono nascoste a noi stessi, come un malessere che non ci consente di essere pienamente presenti in quel momento. Pertanto: breve sosta e autoascolto.

> Ricorda l'importanza di captare ciò che il tuo ascoltatore vorrebbe sentire da te per adeguarti a questa sua esigenza. Devi riconoscere le sue esigenze e mettere in sintonia con lui il tuo atteggiamento e il tuo modo di parlare, cercando di armonizzare il tuo comportamento verbale, paraverbale e non verbale con quello del tuo interlocutore.

Buoni comunicatori si diventa

Il futuro si costruisce un giorno per volta.
Dean Acheson

Essere buoni comunicatori non è una dote innata. Occorre l'impegno indispensabile per appropriarsi di alcuni comportamenti che in parte già conosciamo ma dei quali non siamo del tutto consapevoli. Se invece riusciamo a riflettere su questi argomenti ci troveremo sempre più preparati. I buoni comunicatori sanno anche conquistare lo stile assertivo, indispensabile per l'autopromozione.

A questo punto ricordiamo che per attivare una buona competenza comunicativa dovremo curare:

- abilità linguistiche (esprimersi adeguatamente)
- abilità socioculturali (conoscenza e rispetto di convenzioni e regole, culturali e sociali, del contesto in cui siamo)
- abilità relazionali (entrare in relazione con l'altro rispettando le emozioni e le esigenze di entrambe le parti senza trascurare l'obiettivo dell'autopromozione).

Le abilità linguistiche e socioculturali vengono di norma acquisite durante il processo di socializzazione, che si attiva durante l'infanzia e si evolve nel corso dell'età adulta. L'abilità relazionale invece deve essere conquistata nel tempo con impegno e buona volontà.

Dovremo invece contrastare l'insorgere di pregiudizi, l'assenza di autocritica, l'arroganza, la mancanza di rispetto per l'altro, che sono tutte causa ed effetto di incomprensioni, cattive relazioni, scarsa autostima e insoddisfazione.

La competenza comunicativa è la migliore strategia per la conoscenza dell'altro e funziona come antidoto al conflitto. Per attivarla, applichiamo lo schema di comunicazione circolare visto in precedenza. Questa circolarità di messaggi in continuo movimento e la corretta interpretazione del feedback trasformano una semplice comunicazione in una relazione soddisfacente tra due o più soggetti.

I soggetti della relazione

Dove mi siedo io, lì è il capotavola.
Napoleone

La relazione è un sistema dove i comportamenti sono circolari: non è possibile stabilire qual è la causa e quale l'effetto, cosa viene prima e cosa viene dopo. Ogni comportamento è insieme azione e risposta a un altro comportamento. La circolarità mette fuori campo il dualismo causa-effetto che, come uno stampo, ha dato forma per secoli a tutti i discorsi della scienza. Il sistema delle persone-che-comunicano-con-altre-persone è sempre un universo a se stante, governato da regole e processi propri. Quando le regole che tengono in vita il sistema fanno "cortocircuito", la comunicazione si ammala e può essere guarita solo da chi, con un intervento esterno, può modificare le regole del gioco.
Paul Watzalawick

Proseguendo sul nostro percorso alla conquista graduale della competenza comunicativa, vediamo chi sono i soggetti della relazione.

Chi comunica

La comunicazione è un processo che non riguarda solo l'uomo, ma tutte le forme organiche: animali e piante. Gli oggetti, a loro volta, comunicano solo in relazione alla funzione cui sono adibiti: pur essendo portatori di significato, risultano passivi e non rispondono al nostro schema comunicativo soprattutto perché nella loro funzione manca l'elemento feedback. Infatti, anche un quadro, una scultura o un oggetto d'arte comunica intensamente, in quanto coinvolge le nostre emozioni e attiva sensazioni e idee ma, mancando il feedback, manca l'elemento essenziale per la relazione.

Ogni uomo comunica in modo assolutamente personale perché ha un proprio stile comunicativo, una propria identità; un volto, uno sguardo, un personale modo di muoversi, di gesticolare, di entrare in comunicazione con l'altro, di manifestare emozioni. Inconsapevolmente riveliamo la nostra personalità.

Proprio perché la comunicazione – consapevole e inconsapevole – ci avvolge costantemente, dobbiamo prestare attenzione a ogni suo aspetto, in noi e nell'altro: alle parole (comunicazione verbale), alla voce (comunicazione paraverbale) e al linguaggio del corpo.

Per potere interagire e migliorare le nostre performance, dovremo porre grande attenzione al nostro interlocutore, alle sue parole e ai suoi atteggiamenti anche in funzione di come noi percepiamo l'altro della relazione; infatti spesso "chi l'ha detto" è più importante di "che cosa ha detto". Troviamo conferma di questo concetto se riflettiamo sull'importanza attribuita ai testimonial in pubblicità.

L'Io della relazione

Cerchiamo ora di capire come si delinea la nostra identità e su cosa dobbiamo intervenire quando entriamo in comunicazione con altre persone.

Nella formazione dell'identità un ruolo rilevante è dato dalle condizioni di appartenenza: la razza, la nazione d'origine, il ceto sociale, il gruppo o la famiglia. Ad esempio, relativamente alla razza, il modo di comunicare di un africano risulta sicuramente diverso da quello di un europeo, di un giapponese o di un americano.

Oppure, rispetto al grado di istruzione, una persona colta ha uno stile e un'efficacia comunicativa diversa e superiore da quella di una persona meno istruita.

E ancora, rispetto al gruppo sociale, l'appartenenza a un determinato genere comporta notevoli differenze nei comportamenti comunicativi. Infatti, si ritiene che la donna sia più emotiva, l'uomo più competitivo. Quindi il comportamento comunicativo non può che essere differente: la donna sarà più portata a scambiare informazioni per creare condivisione e complicità; l'uomo sarà più portato a risolvere problemi e sostenere le proprie idee.

Vediamo come, secondo lo studio di C. Gilligan [*In a Different Voice: Psychological Theory and Women's Development*, Harvard University Press, Cambridge 1982] si differenziano i comportamenti comunicativi tra uomo e donna.

Lei

Alle donne sono frequentemente attribuibili: intuito raffinato, una fervida immaginazione, flessibilità mentale; capacità dialettiche, di stabilire relazioni, di trovare soluzioni valide nei negoziati. Le donne, per ragioni culturali, sono di solito più orientate alla relazione di quanto lo siano gli uomini. Da alcune ricerche risulta che nella comunicazione le donne vedono un'occasione per instaurare e mantenere legami non gerarchici e che per questo il loro stile comunicativo è più emotivo e coinvolgente.

Essendo orientate alla condivisione di esperienze, esse prediligono un modo di comunicare che minimizzi le differenze e questo fa sì che la comunicazione femminile, più spesso di quella maschile, sia caratterizzata dal confronto e dall'intimità.

Lui

Anche gli uomini desiderano stare in relazione ed evitare l'isolamento, ma sono meno operativi delle donne rispetto a questo obiettivo. Per gli uomini la comunicazione rappresenta soprattutto un terreno di prova su cui misurarsi con l'interlocutore, stabilendo una relazione di tipo gerarchico. Per questa ragione lo stile comunicativo maschile è più orientato a esercitare un controllo sull'altro e ad affermare il proprio status attraverso la dimostrazione di competenze e abilità.

Gli uomini hanno una visione più strumentale che relazionale della comunicazione e, in genere, la usano per scambiare informazioni, risolvere problemi, sostenere le proprie idee più che per creare condivisione e complicità. Per questo lo stile comunicativo maschile è assertivo, competitivo, razionale.

La competizione per gli uomini non preclude l'amicizia, ma può invece essere motivo di relazione e di coinvolgimento.

La famiglia ha un ruolo rilevante nel plasmare la personalità di ogni individuo: partecipa al processo di socializzazione, caratterizza il modo di manifestare le emozioni e la capacità di leggere quelle altrui.

Nel rapporto con i familiari acquisiamo il nostro stile emotivo e relazionale che ci accompagna per tutta la vita. L'imprinting familiare caratterizza fortemente il nostro modo di essere, forgia le nostre "radici antropologiche". Il bambino abituato a dissimulare il dolore o la rabbia, da adulto sarà incapace di manifestare queste sensazioni e non saprà neppure riconoscerle negli altri. Questo, a livello di relazione, sarà causa di grossi problemi.

Studiosi di ogni tempo si sono domandati che cosa renda una persona unica tra tutte. Inizialmente lo studio sulle unicità dell'uomo non metteva in relazione la persona al contesto in cui è inserito, ovvero non era contemplato alcun riferimento agli aspetti fenomenologici.

Successivamente si è configurata in modo sempre più evidente la necessità di tenere conto del contesto, ovvero di quella rete di relazioni (sociali, culturali, esperienziali) così importante nella formazione della personalità. All'interno del sistema di relazioni, gli altri svolgono un ruolo rilevante e, insieme all'influenza data dal contesto, partecipano alla definizione dell'unicità di ciascun individuo.

Il puzzle delle identità

Per riuscire a comprendere con più chiarezza il concetto di identità unica in un contesto vastissimo, possiamo immaginare la personalità come un puzzle fatto di tanti pezzi diversi (le scelte, gli ideali, i gusti, le attitudini) che si combinano tra loro formando una specifica figura che è appunto la nostra identità.

Ma, a differenza dei puzzle che si trovano in commercio che possono essere distrutti e ricomposti rimanendo sempre uguali, il puzzle dell'identità è dinamico perché nel tempo alcuni pezzi cambiano forma e colore, altri si scoloriscono, altri si perdono o si aggiungono. In questo modo l'immagine si trasforma assumendo sempre nuove forme e colori: l'identità è un insieme di elementi fissi e mutevoli. Per cui è corretto dire "oggi sono lo stesso eppure sono diverso": nel corso dell'esistenza esperienze e relazioni significative ci cambiano lasciandoci però gli stessi.

> Il serpente che non può cambiare pelle, muore.
> *Nietzsche*

Nel corso degli anni la nostra identità si rafforza mentre diminuisce l'influenza degli altri e dei fenomeni esterni a noi. Ci autodefiniamo meglio, ma dobbiamo evitare di perdere flessibilità e apertura al mondo mettendo maschere difficili da togliere. Ma che significato possono avere le maschere che ci mettiamo ogni giorno quando siamo con gli altri?

Il concetto di "ansia da status" (che ritroveremo più avanti) definisce la condizione emotiva legata al nostro desiderio impellente di amore, di riconoscimento e di stima. Lo stesso desiderio di approvazione che ha il bambino quando, pur di essere accettato, nasconde il vero sé. Noi tendiamo a corrispondere a ciò che gli altri si aspettano da noi. È in questo gioco di parziali verità e di parziali falsità che tutti noi ci mettiamo delle maschere, come difesa per evitare il dolore che l'altro potrebbe provocare con una mancata accettazione o una tiepida considerazione. Sono questi dei meccanismi difensivi indotti dall'ansia da status che cammina a braccetto con la mancanza di autostima.

Sicuramente il livello di autostima è strettamente collegato alla considerazione che gli altri manifestano di noi. Tutto quello che facciamo o diciamo viene – consapevolmente o meno – sottoposto a una lettura valutativa che risponde al bisogno di sapere "se" e "quanto" valiamo relativamente al nostro presente, al passato e al futuro.

La sofferenza per la mancanza di autostima si manifesta attraverso l'insorgere di senso di colpa, di umiliazione, di inferiorità, di inadeguatezza. Queste sensazioni dolorose ci rendono vulnerabili e fragili nelle relazioni. Dobbiamo tenerle in gran conto perché minano tutti i nostri rapporti interpersonali.

La disistima è un sentimento molto penoso, annidato nella parte recondita della nostra mente con pensieri del tipo: "io valgo poco; gli altri valgono più di me".

Se non opponiamo resistenza a questo tipo di pensiero, nelle relazioni con gli altri saremo sempre sofferenti e passivi, rinunciando all'affermazione della nostra identità e alla possibilità di comunicarla in modo unico e vibrante.

◎ In pillole

> Attiva la massima attenzione per riconoscere l'ansia da status nel tuo interlocutore e disattivarla al più presto, in quanto non lascia spazio per concludere alcuna relazione o percorso di crescita personale o professionale. Puoi riconoscerla dallo sguardo sfuggente o assente del tuo interlocutore nel quale sarà percepibile una certa sofferenza che richiama il senso di fallimento. Ricorda di non considerarla mai una tua vittoria ma una sconfitta della relazione.

> Se ti rendi conto di sentirti inadeguato e che stai perdendo autostima, significa che il tuo interlocutore ha con te un approccio sbagliato. Se puoi, è bene parlarne per ristabilire il contatto; diversamente rinuncia all'incontro adducendo una scusa. In ogni caso cerca di uscirne il più presto possibile e con la certezza che non hai perso un occasione per concludere un affare che non sarebbe in ogni caso a tuo favore. La caduta di autostima comporta un percorso in perdita che è bene, se possibile, evitare.

L'altro della relazione

Vediamo ora chi è l'altro soggetto della relazione, il destinatario della nostra comunicazione, l'alter ego relazionale.

Ogni relazione è scandita da diverse fasi di sviluppo: dalla fase iniziale a quelle più evolute. L'evoluzione esiste là dove si crea con l'altro un legame che si completa con il coinvolgimento e l'interesse reciproco. La nostra vita sociale può configurarsi come una rete di relazioni più o meno fitta a seconda dell'interesse e della fortuna che abbiamo nei nostri incontri, dove ogni relazione è influenzata da tutte le altre avute in passato.

Al primo incontro con un nuovo interlocutore, cerchiamo di farci un'idea sul tipo di rapporto che si svilupperà. Per fare questo, occorrono una serie di informazioni sull'interlocutore: quale sia il suo status economico, la sua personalità, il suo carattere e se sia affidabile. Troveremo risposte più o meno complete osservando il suo comportamento con noi e con gli altri. Le informazioni che non riusciremo a raccogliere le potremo dedurre da alcuni indicatori altrettanto interessanti: l'aspetto fisico, gli status symbol esibiti, il linguaggio utilizzato.

Ma le informazioni più immediate le otteniamo osservando con attenzione il linguaggio del corpo dell'altro. Da questo, infatti, capiremo il suo carattere, i suoi interessi, i suoi obiettivi, il suo stile di vita, la sua affidabilità, le sue predisposizioni. Come?

Osservando da una certa distanza la sua corporatura, il suo passo, come appoggia i piedi, la sua andatura, il suo portamento, la sua rigidità o la sua flessibilità. Quando, invece, la persona è vicina, altri orizzonti conoscitivi si apriranno osservando lo sguardo, la mimica facciale, la gestualità, facendo attenzione alla stretta di mano, alle distanze prossemiche che cercherà di attivare nei nostri confronti.

Il 93% dell'impressione è già fornita dal corpo ed è del tutto veritiera perché il corpo parla un linguaggio involontario, molto difficile da dissimulare se non per un breve lasso di tempo.

Sulla base del nostro giudizio tendiamo a collocare le persone in certe categorie che abbiamo formulato dentro di noi, al fine di evitare difficili ricatalogazioni e riassegnazioni nei contatti successivi, anche a rischio di innescare pregiudizi, falsi modelli e stereotipi. Se la prima impressione è favorevole, facilmente noi continueremo ad accumulare pensieri positivi sul nostro interlocutore nei successivi incontri, che produrranno il cosiddetto "effetto alone", un amplificatore delle informazioni positive che già abbiamo.

Tendiamo più facilmente ad attribuire caratteristiche positive a persone che sentiamo affini, e negative là dove individuiamo diveristà significative: tendiamo, quindi, a simpatizzare con persone simili a noi.

A volte, per fare una assegnazione positiva, basta avere colto nell'altro una leggera somiglianza, fisica o nel modo di parlare, e questo è sufficiente per rendere una conversazione piacevole e interessante.

Se però riceviamo informazioni contrastanti, andiamo in tilt perché si attiva il fenomeno della dissonanza cognitiva secondo cui, se le aspettative vengono disilluse, proviamo un disorientamento che ci fa sentire il bisogno di ristabilire la precedente situazione di concordanza tra le informazioni.

Questo fenomeno di dissonanza si verifica molto spesso nel nostro quotidiano, ad esempio quando acquistiamo un oggetto di un certo interesse, lo portiamo a casa e, rivedendolo, possiamo confermare o meno la risposta all'uso che intendiamo farne. In quel momento, se le nostre aspettative non vengono soddisfatte, entriamo in crisi, appunto in una condizione di dissonanza cognitiva.

Atto d'acquisto

1. Percezione del bisogno; spinta: l'idea di avere bisogno di quel bene
2. Ricerca informativa: informazioni sul possibile acquisto
3. Formazione e ordine di preferenza (ad esempio economica)
4. Decisione e atto d'acquisto
5. Dissonanza cognitiva per la scelta fatta: se dopo l'acquisto segue la rassicurazione, significa che la bontà del bene sarà constatata. Se però ciò non avviene nel modo previsto, si attiva la dissonanza cognitiva.
6. Comportamento d'uso: in reazione al nostro stato d'animo si cercherà di utilizzare l'oggetto se non nel modo previsto in qualche altro modo così da contrastare l'impressione di aver commesso uno sbaglio.

In modo molto simile operiamo se troviamo nella persona con cui ci relazioniamo alcune caratteristiche che contrastano con altre già da noi accettate come positive: facciamo in modo di disattivare la possibile dissonanza per evitare di entrare in crisi con noi stessi.

Se però non riusciamo ad attivare questo "aggiustamento" quando siamo delusi dal nostro interlocutore, la comunicazione e la relazione sono compromesse in quanto la nostra percezione, che reputiamo sempre infallibile, ha subito una distorsione che non accettiamo.

Questo evento di dissonanza può accadere abbastanza di frequente. Cosa possiamo fare perché ciò non avvenga? Attivare in noi consapevolezza e responsabilità:

- la consapevolezza coincide con il prendere atto che non sempre è possibile formulare giudizi infallibili
- la responsabilità è la prudenza nel formulare giudizi che potrebbero essere errati dal momento che si basano su categorie mentali e stati d'animo oltre che su aspetti esteriori che non possono esaurire la complessità della personalità che abbiamo di fronte.

Proprio le aspettative ci permettono di farci avvicinare con interesse all'altro, modulando il nostro comportamento nei suoi riguardi al fine di fare nascere o vivere una relazione.

Si attiva quindi il fenomeno dell'influenzamento reciproco, che in fondo esiste in ogni processo comunicativo.

Ricordiamo anche che chi nutre simpatia per il prossimo facilmente riscuote simpatia, perché si crea una corrente positiva tra sé e gli altri.

Lo psicologo Fritz Heider ha formulato in proposito una teoria secondo cui noi preferiamo quelle persone che ci permettono di mantenere la nostra visione del mondo. Per questo scegliamo come amici le persone che, in base a esperienze simili alle nostre, hanno sviluppato visioni e atteggiamenti nei quali ci riconosciamo: avere vissuto nella stessa città, essersi battuti per lo stesso ideale, avere sperimentato il dolore della perdita del lavoro o di una persona cara. Ricerchiamo negli altri esperienze che li rendano vicini a noi.

Poiché le aspettative degli altri nei nostri confronti ci influenzano significativamente, una volta suscitate ci sforzeremo di soddisfarle. Se una persona si ritiene aperta e disponibile, cercherà di comportarsi con gli altri in modo che anche loro la vedano così.

Il gioco delle reciproche aspettative è anch'esso espressione della circolarità della comunicazione, un gioco complicato e ineluttabile nel quale occorre sapersi districare se non si vuole rimanere prigionieri di questi influenzamenti.

Ricordiamo comunque che le reazioni automatiche di reciprocità valgono soprattutto nella fase iniziale perché, una volta che la relazione diventa più stabile e profonda, intervengono altri fattori che regolano e definiscono lo scambio.

> Non potendo regolare gli avvenimenti regolo me stesso.
> *Michel de Montaigne*

◎ In pillole

> Nella relazione l'altro è sempre il personaggio più importante.

> Non devi dimenticare di dare all'altro lo stesso spazio che prendi tu nella conversazione.

> Se è vero che le nostre radici antropologiche segnano il nostro comportamento, è necessario attivarsi per cercare di modificarne quelle parti che ostacolano una relazione positiva: cerca il modo per farlo al più presto.

> Ricorda che il tuo interlocutore merita in ogni situazione il rispetto; può essere per te uno scomodo rivale o un nemico ma devi comunque riservargli lo spazio e l'attenzione del rispetto.

> Attivati a leggere il feedback del tuo interlocutore, così da poter modificare e ampliare il messaggio nel caso in cui quello che stai comunicando non risulti comprensibile. Eviterai fraintendimenti senza pregiudicare l'obiettivo.

> Per raggiungere una buona competenza comunicativa, che ti renda agevole ogni relazione, preoccupati di diventare più consapevole delle dinamiche di influenzamento reciproco che sottostanno alla comunicazione circolare
> Cerca di rimanere aperto e flessibile; contrasta il timore di sacrificare le tue idee a quelle dell'altro con l'entusiasmo di potere allargare i tuoi orizzonti.

3.

Linguaggio comunicativo

Il linguaggio deve essere la bacchetta del rabdomante
che scopre sorgenti di pensiero.
Karl Kraus

Esistono almeno tre tipologie di linguaggio che consentono alle persone di comunicare mediante "messaggi", cioè scambi energetici che sviluppano circuiti relazionali:

- comunicazione verbale (parola)
- comunicazione paraverbale (suono e intonazione)
- comunicazione non verbale (linguaggio del corpo).

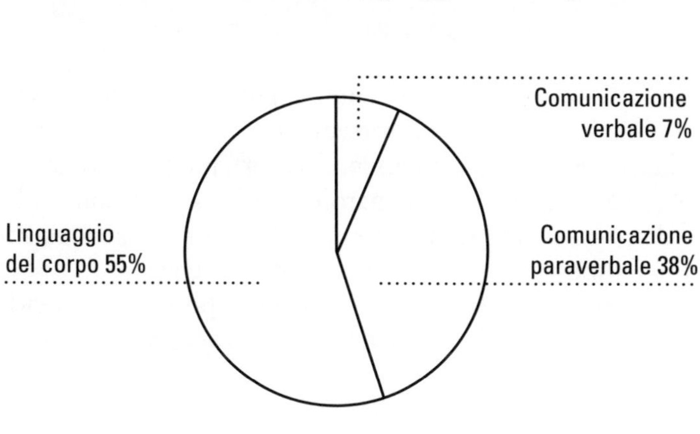

Fonte: A. Mehrabian, *Communication without words*, in "Psicology today", 1968.

Comunicazione verbale

In origine la parola era magia.
Sigmund Freud

La comunicazione verbale si manifesta nell'esposizione orale della parola e serve per trasmettere pensiero e informazione.

È il linguaggio che dà senso al discorso: le parole vengono scelte secondo il loro valore etimologico o rispetto alla corrispondenza emotiva e di senso con cui intendiamo caratterizzare la nostra comunicazione.

Le capacità linguistiche hanno origine nell'infanzia, e soprattutto a scuola trovano le loro fondamenta; per tutta la vita saranno modellate e perfezionate in relazione all'ambiente e all'utilizzo (sociale, relazionale, professionale, creativo). Eppure, all'interno dello spettro complessivo degli atti comunicativi, la parola occupa solo il 7%.

> Non fate come i farisei che moltiplicano inutilmente le parole.
> *Matteo 6, 7*

Le parole sono linguaggio, sono la parte razionale che è dentro di noi e in cui crediamo fortemente.

Nella relazione è assolutamente importante prestare attenzione all'uso che facciamo delle parole perché, se non sono calibrate sul discorso e sull'interlocutore, possono procurare destabilizzazione e innescare nell'altro forme di resistenza.

All'interno della relazione professionale possiamo individuarne alcune da non utilizzare se non quando venga ritenuto consapevolmente necessario:

malinteso, irragionevole, sconsiderato, egoista, inaffidabile, negligente, falso, scarso, debole, sleale, maleducato, stupido, lento, impaziente, irruente.

Occorre calibrare bene l'uso delle parole nel corso di ogni tipo di relazione che intratteniamo.

Nel linguaggio di oggi molte espressioni sono abusate o usate a sproposito. Questa moltiplicazione è causa di appiattimento e sofferenza della lingua italiana: in qualche modo, esattamente, praticamente, quant'altro, lei mi insegna, il problema è a monte...

Sono segnali di piatto conformismo linguistico che ormai hanno contagiato ogni fascia di età per pigrizia, mancanza di coraggio e desiderio di mimetizzarsi nel luogo comune. L'eccesso di uniformità rispecchia quello di pensiero e l'uno e l'altro possono rafforzarsi reciprocamente. Occorre essere in guardia da questi contagi.

Comunicazione paraverbale

La comunicazione paraverbale si esplicita nell'uso della voce: tono, timbro, volume, pause, silenzi.

Il suono della voce ha origine dalle vibrazioni delle corde vocali, ma viene amplificato e modulato, in un processo chiamato fonazione, dal passaggio dell'aria e delle vibrazioni attraverso la laringe e l'osso ioide.

Per meglio comprendere questo concetto è sufficiente pensare agli strumenti musicali a corda, muniti di cassa (chitarra, violino, liuto). Il suono prodotto dallo strumento è il risultato della vibrazione armonica delle corde e dell'aria contenuta nella cassa.

Allo stesso modo l'aria passa dalle fosse nasali ed entra in risonanza con la vibrazione delle corde vocali dando origine alla nostra voce, che è unica e parla esattamente di noi.

Il controllo della voce è uno degli aspetti più interessanti della comunicazione poiché la voce non è facilmente governabile: è in accordo con le nostre emozioni, in un circuito aperto in continua mutazione.

I nostri stati d'animo (sfiducia, imbarazzo; commozione, euforia; insicurezza...) traspaiono in modo inequivocabile dalla nostra voce che, pertanto, "si fa leggere" dagli altri. La nostra voce precede le parole e dobbiamo tenerne sempre conto.

Poiché è possibile migliorare le performance della voce, vediamo alcuni accorgimenti che ciascuno di noi dovrà tenere in gran conto, nelle relazioni che intrattiene con gli altri.

- Cura la pronuncia delle parole, in modo che risultino del tutto definite: un passo importante per fornire all'altro strumenti di comprensione facilmente decodificabili.
- Scandisci ogni parola in modo da consentire all'interlocutore di rivolgere la propria attenzione a ogni singolo vocabolo.
- Evita un andamento affogato (la fretta che induce a mangiarsi le parole) o svogliato (la lentezza che rende faticoso decifrare i suoni). Lo diceva Monsignor della Casa, autore del famoso galateo: cercare di fare capire al meglio il nostro parlare è sinonimo di cortesia oltre che di interesse per uno scambio attivo e soddisfacente.
- Adotta una vera e propria punteggiatura verbale, quella che ti è stata insegnata a scuola e che di norma utilizzi nella scrittura. Risulta, infatti, che nell'attuale comunicazione, gli speacker di radio e televisione non utilizzino il corrispondente sonoro di virgole, punti e virgole, due punti, ma soltanto il punto e anch'esso con una pausa inadeguata, cioè quella corrispondente alla virgola. Ciò provoca un eccessivo affollamento di parole e di idee che lasciano l'ascoltatore sconcertato. Cura quindi la velocità in modo da rimanere nei tempi appropriati all'intervento, calcolati sulla tua personale misura e su quella dell'interlocutore.
- Evita di usare un linguaggio convenzionale che potrebbe non essere ben decifrato dall'interlocutore, che a sua volta opporrà barriere e distrazione.
- Se puoi, evita di fare obiezioni che non siano in stretta relazione con quanto viene discusso: potrai porle nel momento in cui l'interlocutore avrà terminato il suo intervento
- Incrementa il tuo vocabolario, ricordando che l'interlocutore si annoia se ripeti le stesse parole: cerca dei sinonimi, possibil-

mente che abbiano appeal e risultino gradevoli per le immagini che possono creare.
- Se il tuo parlare procede a stento, cerca di esercitarti a voce alta leggendo ogni giorno qualcosa in modo da rendere più forte la tua gola e la tua voce, più sciolta la tua lingua: l'interlocutore si sentirà intrattenuto e non perderà l'attenzione.
- Concentrati sul tono della voce e cerca di cambiarlo durante il tuo intervento facendo in modo che non sia monotono; cerca anche di fare delle pause né troppo lunghe né troppo brevi, che diano ritmo al discorso.
- Se non sei sicuro della tua voce, fai la prova di registrarla con una lettura non troppo breve e ti accorgerai di tanti piccoli o importanti difetti che sarebbe bene eliminare.

L'esperienza è una lanterna appesa dietro la schiena, che illumina solo il cammino già percorso.
Confucio

Comunicazione non verbale

Possiamo raffigurare il linguaggio del corpo come il delta di un fiume con quattro diramazioni principali:

- prossemica: l'uso che si fa dello spazio nel quale si colloca il nostro corpo
- mimica facciale: espressioni del viso che rivelano le nostre sei principali emozioni: felicità, sorpresa, paura, tristezza, collera, disgusto
- gestualità: movimenti di braccia e mani (afferrare qualcuno, accarezzare, colpire; gesti di affermazione, di negazione, di richiamo, insultanti, accoglienti, esultanti)
- atteggiamenti posturali (posizione del corpo): intesi a esprimere lo stato d'animo della persona (posizioni aperte, chiuse, tese, rilassate; stare seduti, in piedi, raccolti).

Focus sulla parola

La bassa percentuale relativa all'uso della parola nella comunicazione (vedi tabella a inizio capitolo) fa riferimento ai termini utilizzati nella quotidianità e in situazioni comuni. Non viene contemplato in questo contesto quel complesso di vocaboli tecnici e specifici che, utilizzato con la competenza del leader e del professionista, ha saputo plasmare gli eventi del mondo.

A corredo di tale affermazione proponiamo delle parti di tre famosi discorsi che testimoniano l'altissimo interesse legato all'uso della parola, ovvero quella strategia testuale dal forte potere manipolatorio di cui parla Gustave Le Bon nel suo sempre attuale volume *Psicologia delle folle*, definito il primo trattato di management psicologico in senso moderno. Egli afferma che i capi devono suscitare nella folla quelle illusioni necessarie nei processi di dominazione: le illusioni sono quell'insaziabile richiesta di salvezza e riconoscimento che le folle rivolgono alle figure di riferimento del potere costituito. "Insegneremo a questi uomini a cavalcare [...] per dare loro il sentimento del dominio assoluto su un essere vivente."

Barack Obama (convention, agosto 2008)
Stasera... stasera dico alla gente Americana, ai Democratici, ai Repubblicani e agli Indipendenti di questa terra... Basta! Questo momento... queste elezioni... sono la nostra possibilità di mantenere in vita nel ventunesimo secolo la promessa americana. Perché la prossima settimana lo stesso partito che vi ha dato due mandati di presidenza di George Bush e Dick Cheney chiederà a questa nazione un terzo mandato. E noi siamo qui... siamo qui perché amiamo troppo questo paese per lasciare che i prossimi quattro anni assomiglino agli ultimi otto. Il quattro novembre... il quattro novembre dobbiamo alzarci in piedi e dire: otto è abbastanza.

Napoleone Bonaparte, discorso alla Vecchia Guardia, 20 aprile 1814
Soldati della mia Vecchia Guardia: vi dico addio. Per vent'anni vi ho costantemente accompagnato lungo la strada dell'onore e della gloria. In questi ultimi tempi, come nei giorni della prosperità, siete sempre stati un modello di coraggio e fedeltà. Con uomini come voi la nostra causa non sarebbe mai stata sconfitta; la guerra sarebbe stata interminabile; sarebbe diventata una guerra civile e questo avrebbe comportato delle sfortune ancora più grandi per la Francia. Ho sacrificato tutti i miei interessi per quelli del mio paese. Me ne vado, ma voi, amici miei, continuerete a servire la Francia. La sua felicità è stato il mio unico pensiero. E sarà ancora l'oggetto dei miei desideri. Non dispiacetevi per il mio destino; se sopravviverò sarà per servire la vostra gloria. È mia intenzione scrivere e raccontare la storia di tutto quello che abbiamo conquistato insieme. Addio, amici miei. Vi porterò con me nel mio cuore.

Martin Luther King, "I have a dream", 28 agosto 1963
Io ho un sogno, che un giorno sulle rosse colline della Georgia i figli di coloro che un tempo furono schiavi e i figli di coloro che un tempo possedettero schiavi, sapranno sedere insieme al tavolo della fratellanza.
Io ho un sogno, che un giorno perfino lo stato del Mississippi, uno stato colmo dell'arroganza dell'ingiustizia, colmo dell'arroganza dell'oppressione, si trasformerà in un'oasi di libertà e giustizia.
Io ho un sogno, che i miei quattro figli piccoli vivranno un giorno in una nazione nella quale non saranno giudicati per il colore della loro pelle, ma per le qualità del loro carattere.
Io ho un sogno, oggi! [...]
Io ho un sogno, che un giorno ogni valle sarà esaltata, ogni collina e ogni montagna sarà pareggiata, i luoghi scabri saranno appianati e i luoghi tortuosi raddrizzati; "e la gloria del Signore si mostrerà e tutti gli esseri viventi, insieme, la vedranno" [Isaia, 40: 4-5, *ndt*].

> È questa la nostra speranza ed è questa la fede con cui io mi avvio verso il Sud. Con questa fede saremo in grado di strappare alla montagna della disperazione una pietra di speranza. Con questa fede saremo in grado di trasformare le stridenti discordie della nostra nazione in una bellissima sinfonia di fratellanza.
> Con questa fede saremo in grado di lavorare insieme, di pregare insieme, di lottare insieme, di andare insieme in carcere, di difendere insieme la libertà, sapendo che un giorno saremo liberi.

Il più grande persuasore di tutti i tempi a giudizio di molti è considerato Gesù Cristo. In particolare possiamo imparare da lui una caratteristica della raffinatissima arte della persuasione, nell'episodio del "reclutamento" dei due fratelli Simon Pietro e Andrea.

I vangeli raccontano che Gesù, passando sulle sponde del lago di Galilea, notò questi due fratelli intenti a svolgere il loro lavoro di pescatori, ovvero gettare in mare le reti. Come poteva convincere queste due persone che non lo avevano mai visto ad abbandonare la propria attività e seguirlo verso un destino ignoto? Avrebbe potuto fare loro un lungo discorso sui principi della religione, oppure avrebbe potuto camminare sull'acqua davanti a loro per convincerli con un atto miracoloso. Invece, niente di tutto questo. Gesù, dicono le scritture, li riesce a convincere con una semplice frase: "seguitemi, vi farò pescatori di uomini".

4.
La rete magica

Ogni movimento dell'anima ha naturalmente un suo volto,
un suo suono, un suo gesto;
tutto il corpo umano, l'intero suo volto e tutte le voci
suonano come le corde della lira,
a seconda dell'impulso ricevuto da quello che l'anima prova.
Cicerone

La mimica

Nel corso del ventesimo secolo, una parte degli antropologi sostenne la teoria culturale dell'emotività, con cui si ipotizzava che le emozioni fossero comportamenti acquisiti, culturalmente trasmessi, qualcosa di simile alle lingue e che, quindi, persone di culture differenti dovessero provare emozioni diverse.

Negli anni Sessanta, il giovane antropologo americano Paul Ekman dimostrò l'infondatezza di questa teoria e i suoi studi permisero l'identificazione delle emozioni primarie. Questo metodo è basato sullo studio delle espressioni del viso che si sono dimostrate universali, innate, ma anche in continuità con le espressioni emotive degli animali.

Successivamente, Ekman e Friesen hanno ulteriormente confermato l'universalità dell'espressione delle emozioni [cfr. *Giù la maschera. Come riconoscere le emozioni dall'espressione del viso*, Giunti, Firenze 2007].

Sulla base di questi studi, nel 1980 Paul Ekman ha individuato le famose sei emozioni fondamentali: paura, rabbia, sorpresa, disgusto, gioia/felicità, tristezza. Le emozioni primarie non vengono dunque apprese ma fanno parte dello stampo del nostro cervello.

Vediamo ora, invece, come Michel Argyle le rappresenta nel suo libro *Il corpo e il suo linguaggio* [Zanichelli, Milano 1981].

Paura è ciò che si può provare alla notizia che l'aereo su cui si sta viaggiando ha dei problemi: sopracciglia e fronte aggrottata, occhi sbarrati, bocca semiaperta.

Quando si prova paura si sente una forte sensazione sgradevole e il desiderio di evitare le situazioni, gli oggetti o le persone che provocano questa emozione, quindi un impellente desiderio di fuga. In una situazione di allarme la funzione della paura è di tutela, quindi di assicurare la sopravvivenza.

Nelle relazioni interpersonali, di norma, questa emozione è abbastanza rara se la riferiamo alla aggressività fisica che si teme di subire o che si vuole mettere in atto.

Vi sono invece molte occasioni di minaccia psicologica che provocano questa emozione. È riconoscibile immediatamente dall'espressione del viso e non è possibile dissimularla se non per pochi secondi. Se abbiamo paura del nostro interlocutore per le minacce che ci rivolge, cerchiamo una rapida conclusione della trattativa oppure prendiamo tempo abbassando lo sguardo e modificando la postura. Una volta riacquistato il controllo su noi stessi, riapriamo una certa disponibilità con posizioni diverse.

Se siamo noi a essere aggressivi, sarebbe buona cosa rivedere la nostra posizione oppure chiudere la comunicazione rifiutando il conflitto.

Rabbia è un'emozione comune a quasi tutte le specie animali e gioca un ruolo chiave nell'evoluzione essendo anch'essa legata alla sopravvivenza. Nel gruppo che combatte per il predominio, la lotta termina quando uno dei due soggetti dà segni di sottomissione, così come accade nelle relazioni interpersonali. Secondo una teoria classica, la rabbia esprime una frustrazione. In natura la rabbia si presenta in situazioni legate a uno stato di bisogno in cui qualcuno o qualcosa si oppone al suo soddisfacimento. Tali condizioni inducono il desiderio di aggredire l'altro. Nella specie umana le norme sociali ci impediscono l'aggressione, quindi la tendenza negli esseri umani è quella di inibire i segnali di rabbia verso l'altro soggetto.

Nonostante la manifestazione di rabbia non sia accettata, è difficile dissimularla perché si associa a una ben riconoscibile espressione facciale: fronte e sopracciglia aggrottate, denti che si stringono a comprimere la mandibola, contrazione muscolare del corpo sino all'immobilità. Anche la voce si fa più intensa fino a diventare stridula. Tutto questo perché la rabbia attiva il nostro corpo ad agire per contrastare l'oggetto della frustrazione, con lo scopo di raggiungere la soddisfazione del bisogno di partenza.

Quando nella relazione sopraggiunge questa emozione in modo violento, occorre ridimensionarla prendendo tempo e considerando tutte le strade per dirimere il conflitto. Rimandando l'incontro, sospendendolo per pochi minuti, saremo in grado di ricomporci e valutare la situazione con più serenità. Le pause riescono a farci guardare dentro per chiarire quale posizione vogliamo assumere: fermezza nei propositi, rompere la relazione, valutare per una possibile conciliazione delle posizioni prese.

Spesso risulta ottimale la soluzione di cercare accordi invece di alzare barriere, ma per fare questa valutazione è necessario sapere ritrovare quella calma interiore che solo una pausa può dare.

Sorpresa è un'emozione che proviamo di frequente. Può essere associata a eventi positivi (l'apertura di un pacchetto regalo) o negativi (i contrattempi che punteggiano la nostra vita); la funzione di questa emozione è di aiutarci a rispondere ai nuovi stimoli.

Questa emozione fa assumere al volto un'espressione caratterizzata dall'innalzamento delle sopracciglia, dagli occhi spalancati e dalla bocca aperta che disegna una caratteristica forma ovale.

Alla sorpresa non tutti reagiamo allo stesso modo e questo dipende dal nostro carattere: se amiamo prevedere tutto nei minimi dettagli, la sorpresa rappresenterà una perturbazione dell'equilibrio psichico; se invece siamo insofferenti per la quotidianità, sarà una gradita fuga dalla noia.

È quindi opportuno, prima di prenotare in segreto una vacanza per due, ponderare bene lo stato d'animo e il carattere dell'altra persona. Questa cautela è opportuna in ogni situazione relazionale dove la sorpresa gioca un ruolo del tutto imprevedibile. Per cui, prima di mettere il nostro interlocutore di fronte a un fatto compiuto che per noi rappresenta una proposta eccellente, cerchiamo di tenere conto del fattore imponderabile dell'elemento sorpresa che può trasformare l'evento per noi gradevole in una vera tragedia comunicativa.

Anche il *disgusto* è un'emozione universale. I segni più caratteristici sono le narici strizzate e gli angoli della bocca verso il basso. La funzione di questa emozione è quella di evitarci di entrare in contatto con oggetti e situazioni dannose per la salute: ancora una volta l'emozione è un allarme e una tutela.

Se in una relazione interpersonale proviamo disgusto, molto verosimilmente non riusciremo a superare l'impasse e si renderà necessario chiudere la relazione a meno che non ci siano motivazioni umanitarie o scelte etiche che ci inducono a superare la difficoltà con impegno e buona volontà.

Gioia/felicità è una generale sensazione di contentezza e di soddisfazione frequentemente associata all'andamento della propria vita nei suoi aspetti basilari quali il lavoro, il rapporto con il partner, la vita familiare. Ricordiamo che se parliamo di gioia ci riferiamo a un'emozione positiva di breve durata, mentre la felicità è uno stato d'animo emotivo che può durare molto a lungo. Tra i fattori che possono influenzare la nostra felicità possiamo includere il reddito, l'attività lavorativa, la salute, il matrimonio e le attività di svago.

L'espressione facciale tipica è il sorriso, quello vero, con le labbra e con gli occhi. Non esistono garanzie sulla felicità, ma può essere agevolata da attitudini quali l'estroversione, la fiducia in se stessi e la socievolezza.

Essere felici facilita il sentimento di adeguatezza nelle situazioni sociali ed eleva il grado di autostima. Ci si sente energici, diventiamo più indulgenti verso i nostri difetti, ci focalizziamo meno sulle difficoltà che incontriamo, investiamo di più e meglio nelle nostre capacità, ci lasciamo coinvolgere di più dalla vita sociale, accettiamo compiti impegnativi con più facilità. Inoltre la felicità alimenta l'apprendimento e la memoria. Insomma, essere felici predispone ciascuno di noi a gustarsi la vita.

Gioia e felicità sono i veri motori della buona relazione in quanto offrono, a noi stessi e ai nostri interlocutori, il lato migliore del nostro essere.

Vediamo come possiamo allenarci per raggiungere questo obiettivo che si traduce anche in una buona competenza comunicativa:

- leggere ad alta voce brani o citazioni affini a questo stato d'animo ascoltando l'eco che si amplifica in noi
- ascoltare musica vivace e positiva lasciandoci trasportare dalle visioni suscitate
- portare a termine un lavoro e accogliere i complimenti per il risultato
- pensare alle cose che ci hanno resi felici di recente
- parlare di cose positive con gli altri
- mettersi in contatto con persone felici e aperte.

Ricordiamo che, se siamo felici, inviamo messaggi positivi al nostro interlocutore e il feedback di ritorno sarà del tutto soddisfacente, rendendo la relazione migliore.

Tristezza è lo stato d'animo che si manifesta con voglia di piangere, visibile cupezza e una certa fissità nello sguardo. Si cerca rifugio nella solitudine. La tristezza e lo scoraggiamento sono normali esperienze umane legate a quei momenti in cui l'individuo deve affrontare rifiuto, perdita, avversità; una reazione alla mancanza o al cambiamento doloroso.

L'espressione facciale di questa emozione è un viso imbronciato, occhi socchiusi, angoli della bocca piegati verso il basso e un accentuarsi delle rughe sulla fronte a forma di ferro di cavallo insieme alla posizione obliqua dalle sopracciglia.

La tristezza è un fenomeno reversibile, quindi, quando si presenta un evento positivo, l'umore migliora. È l'emozione della perdita di una persona cara o del lavoro, oppure può essere scatenata da un evento che accende il fallimento, tutte condizioni, queste, che possono produrre uno stato di tristezza anche prolungato.

La tristezza ci insegna a evitare le situazioni che la inducono, a riflettere sui nostri errori, a proteggerci dall'aggressività degli altri, ad attirare l'attenzione e la compassione degli altri.

La funzione centrale di questa emozione è di avviare un processo di separazione: affrontare le premesse alla ricerca della rinascita e del raggiungimento di un nuovo equilibrio.

Nel corso di una relazione è necessario riuscire a superare questa emozione ma, se questo non fosse possibile, risulta opportuno informare l'interlocutore del proprio stato d'animo così da condurre una comunicazione più autentica.

> La parola comunica il pensiero, il tono le emozioni.
> *Ezra Pound*

◎ In pillole

> Non devi avere paura delle tue emozioni e quando sei con gli altri devi riuscire a esprimerle perché le emozioni ti definiscono.

> Esprimi le emozioni con semplicità, come farebbe un bambino. Ricorda che nello scoprirti agli altri sta la tua forza, non la tua debolezza.

> Quando le emozioni sono negative, come la rabbia o il disgusto, cerca di riconoscerti prima di esprimerti. Se non ci riesci, un buon esercizio può essere cercare di esprimere il tuo sentimento sotto

forma di scritto o disegno, così da avere spunti di riflessione e di chiarimento.

- Immagina di modulare le emozioni come faresti con il volume della radio. Occorre saperlo utilizzare per alzare o abbassare il suono: non usare il pulsante per spegnere.
- Se riesci a non indossare maschere significa che hai imparato a gestirti al meglio. Ma non perderti d'animo: se a volte devi schermarti, può essere necessario per proteggerti.
- Coltiva l'equilibrio emotivo: è fondamentale per le tue relazioni interpersonali
- Stai in guardia contro le emozioni negative come la paura e la collera: devi riuscire a gestirle nel tuo quotidiano. Se non ci riesci, considerali segnali di pericolo e prendi una pausa dalla relazione. Ti accorgerai che impostare di nuovo il rapporto sarà una scelta felice perché lo troverai diverso e più gestibile.
- A livello fisico, la pausa da emozioni troppo forti richiede di abbassare lo sguardo, rilassare la muscolatura, cambiare la postura e da chiusa trasformarla in postura aperta: braccia morbide, collo piegato in avanti per allentare la cervicale, spalle indietro e petto disteso. Attiva alcune respirazioni profonde e sarai in grado di guardare il tuo interlocutore in modo nuovo.
- Cerca di sorprenderti in modo positivo alle proposte dell'altro: pensa che il nuovo può rinnovare anche il tuo umore. La sorpresa in fondo ha uno scopo benevolo.
- Di fronte alla tristezza hai poche carte da giocare. Se non riesci a controllarla non puoi che aspettare che passi. Nel frattempo cerca aiuto nelle relazioni più sicure e riposanti. Ti occorre comprensione e l'interlocutore estraneo non potrà dartela.
- Ben vengano gioia e felicità: sono portatrici di una grande fortuna comunicativa e relazionale. Cerca di smussare gli angoli spigolosi: quando si è felici si è più forti.
- Evita l'eccesso e non sopravvalutare le tue qualità: la persona tronfia non piace e risulta più sgradevole di chi si nasconde.

La prossemica: il corpo nello spazio

Per approfondire ancor più i soggetti e i meccanismi della relazione – se stessi e l'altro, emittente e destinatario – dobbiamo ora occuparci di un aspetto particolarmente interessante: la prossemica. È quella parte della comunicazione non verbale nella quale vengono definite le posizioni fisiche dei due soggetti della relazione.

Prossemica è l'uso che ciascuno fa dello spazio attorno al proprio corpo, ovvero del territorio. Spesso sono gli animali a caratterizzare certi comportamenti territoriali che anche noi umani abbiamo.

Vediamo, infatti, che gli animali si ritraggono d'istinto quando cerchiamo di avvicinarci troppo, quando cioè tentiamo inconsapevolmente di varcare il loro territorio riservato.

Tutti noi abbiamo bisogno di uno spazio nostro, uno spazio in cui ci sentiamo protetti, uno spazio che amiamo e che quindi difendiamo con forza dall'invasione di altri: è uno spazio ideale, ben definito, che include un'area più o meno vasta attorno al nostro corpo e che stimola e definisce i nostri comportamenti con gli altri.

Ci riferiamo per questo argomento all'esperienza dello studioso americano Edward Hall, psicologo e antropologo, che ha raccolto molti studi ed esperimenti fino a creare una vera e propria disciplina, appunto la prossemica [cfr. *La dimensione nascosta*, Bompiani, Milano 1966]. Edward Hall ha divulgato i suoi studi negli anni Sessanta e, da allora, a lui gli studiosi della materia fanno riferimento quale padre della prossemica.

Heini Hediger, "lo psicologo degli animali", invece, si è occupato in particolare della territorialità degli animali:

- esiste una "distanza di fuga" secondo la quale l'animale consente un avvicinamento estraneo, ponendo un limite che , se superato, induce l'animale a scappare
- esiste una "distanza critica" che induce l'animale, quando non trova più vie di fuga, ad attaccare.

Possiamo verificare questa realtà semplicemente avvicinando il nostro gatto di casa o un cane non nostro. Ci rendiamo conto di comportarci allo stesso modo perché anche il nostro corpo reagisce quando la distanza che riteniamo congeniale non viene rispettata dagli altri.

Le distanze classificate corrette per l'uomo vengono misurate in prima istanza secondo la forza della voce. Da qui nasce poi la classificazione della distanza in intima, personale, sociale e pubblica. Osserviamo che le persone enfatiche e estroverse hanno bisogno di maggiore spazio e utilizzano un tono di voce più alto, mentre le persone riservate e in situazioni più intime utilizzano minore spazio e un tono di voce più basso.

Le distanze variano anche col verificarsi di disturbi improvvisi, come un forte rumore o una debole illuminazione, che tendono a indurre le persone all'avvicinamento. Ma vediamo singolarmente le "zone" di Edward Hall che caratterizzano il comportamento sociale dell'uomo, quindi il suo linguaggio del corpo e le relazioni con gli altri.

È utile precisare che tali distanze sono riferite da Edward Hall a gruppi di riferimento del nostro tipo di cultura; altri tipi di cultura seguono schemi prossemici diversi.

Le zone prossemiche

Le quattro aree in cui agiamo sono: la zona intima, la zona personale, la zona sociale, la zona pubblica.

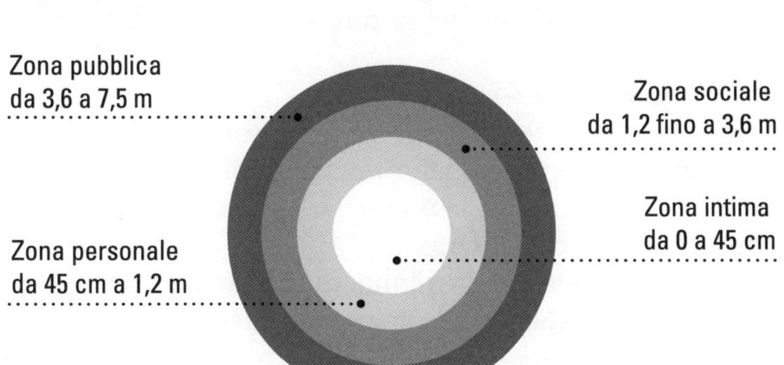

Zona intima, da 0 a 45 cm

Nella distanza intima la presenza dell'altro è evidente e coinvolgente a causa dell'intensificarsi degli apporti sensoriali.

In questa zona l'olfatto, il calore del corpo, il respiro dialogano con l'altro in una sorta di commistione. Siamo alla distanza dell'amplesso e della lotta, del conforto e della protezione massima. L'utilizzo dello sguardo per inquadrare l'altra persona è quasi inesistente data la vicinanza, mentre si acuisce l'olfatto e la percezione del calore dei corpi.

In questo spazio intimo la sfera relazionale risulta maggiormente carica di valenze affettive e psicologiche, configurandosi quasi come una estensione della nostra pelle.

È lo spazio minimo di cui un individuo ha bisogno per potersi sentire sicuro da qualsiasi minaccia: poiché è il territorio dell'affettività, sono ammessi solo i famigliari più stretti, le persone care e il partner. L'invasione di altri è vissuta come una minaccia se non come una vera e propria violenza.

L'ampiezza della zona intima coincide con la distanza alla quale possiamo arrivare con le mani, tenendo i gomiti vicini al corpo. In questa zona quindi:

- è possibile il contatto fisico e l'abbraccio;
- si possono sentire parole sussurrate o pronunciate con tono di voce molto basso
- si avverte in modo accentuato l'odore
- si osserva la variazione del respiro e del colore della pelle.

Zona personale, da 45 cm a 1,2 m

In questa zona lasciamo entrare le persone che hanno confidenza con noi e verso le quali riponiamo una certa fiducia, cioè i familiari meno stretti, i veri amici e i colleghi coi quali siamo legati da sentimenti di affetto.

Vi è in questa zona la possibilità di toccare l'altro o trattenerlo, in quanto corrisponde allo spazio del braccio disteso. In questo caso si dice infatti "tenere qualcuno a distanza" intendendo fuori dalla zona intima.

A questa distanza si discutono argomenti di carattere personale. In questa zona quindi:

- ci si stringe la mano
- si conversa con un tono di voce moderato
- si colgono ancora variazione del respiro
- il colorito della pelle e le espressioni del viso assumono molta importanza
- non si avvertono più gli odori a meno che si tratti di una profumazione artificiale intensa: il profumo infatti è considerato uno mezzo per invadere la zona altrui
- viene avvertito il movimento delle mani ma non si riesce a discernere le dita
- nessun calore corporeo è percepito.

Zona sociale, da 1,2 fino a 3,6 m

Non sono più percepibili i dettagli più intimi del viso e non si riesce a toccare l'altro.

È ben percepita la pelle dell'altro e i suoi capelli.

È la distanza dove possono entrare tutte le persone con le quali non siamo affettivamente coinvolti, quindi gli estranei ma anche colleghi di lavoro o persone con cui ci capita casualmente di parlare: il tecnico del televisore, l'impiegato dell'ufficio comunale e via dicendo.

Questa zona è rispettata anche negli uffici, dove le scrivanie delle persone importanti sono collocate in modo da tenere i visitatori un po' lontani e la sedia per il visitatore è posizionata in modo che gli interlocutori rimangano alla distanza prevista.

Nella zona sociale non si vedono bene i particolari del viso dell'altro, mentre possiamo osservare capelli, denti, abbigliamento, occhi e bocca. A questa distanza quindi:

- non ci si tocca
- non si coglie il respiro o il profumo
- la voce ha un tono più elevato tanto che si potrebbe udire da una stanza attigua con la porta aperta

- i gesti e le espressioni costituiscono la modalità di comunicazione privilegiata
- è importante lo sguardo, per cui è bene non distoglierlo, in quanto in questo caso sembrerebbe di escludere la persona dalla conversazione.

Zona pubblica, da 3,6 a 7,5 m

Siamo al di là della sfera di coinvolgimento personale. In questa zona si colloca una persona all'erta, in posizione difensiva, in modo da avere lo spazio per un'eventuale fuga. In quest'area nessuno può entrare senza essere invitato.

È riservata a personaggi pubblici ma anche a ciascuno di noi in occasioni pubbliche. Con queste premesse è evidente che, per attivare una buona comunicazione nell'area pubblica, sono necessari opportuni adattamenti, perché non solo la voce ma tutto deve essere amplificato (il gesto più marcato, la sedia più grande, il tabellone più ampio).

Nella zona pubblica si colloca chi decide di parlare a un gruppo (professore, attore, politico) ed è anche la distanza alla quale ci teniamo dalle persone "di riguardo". In questa zona quindi:

- il tono di voce deve farsi alto ma non a pieno volume
- il ritmo del parlare deve essere rallentato
- deve essere attivata una scelta accurata delle parole per facilitare la comunicazione
- la gestualità deve essere marcata.

◎ In pillole

> Fai attenzione alle distanze che prendi dal tuo interlocutore e cura che siano adeguate al tipo di relazione che vi lega.

> Ricorda che la distanza intima è ammessa solo nelle relazioni in cui ogni soggetto può liberamente leggere il linguaggio dell'altro e può permettersi di toccare l'altro percependone il coinvolgimento. Ogni tipo di invasione di persone diverse è vissuta come una violenza o una minaccia.

- Mantenere una distanza intima in pubblico è sconveniente, perché ciascuno dedica questa zona alla propria vita privata. Se commetti l'errore di superare questa barriera in una situazione professionale, la relazione è certamente compromessa.
- La distanza personale segna la relazione amicale e di lavoro e consente un coinvolgimento personale al di fuori del dominio fisico della zona intima. In questa zona si svolgono gran parte degli incontri e delle relazioni lavorative. Quando sei in questa zona devi impegnarti a trasmettere correttamente le tue intenzioni e dovrai imparare a leggere gli altri per cogliere interessanti opportunità.
- Nella zona sociale occorre fare attenzione affinché la voce pervenga chiaramente agli interlocutori; è bene utilizzare anche la gestualità per sottolineare le parole. Ricorda che lo sguardo è molto importante e devi cercare di non distoglierlo per non escludere l'interlocutore dalla conversazione. In questa zona devi curare che la relazione interpersonale non diventi fragile: la distanza fa allentare il coinvolgimento e il tuo interlocutore può sentirsi trascurato. In questa zona cerca di non mettere maschere perché rendono la relazione veramente difficile.
- Se ti trovi nella zona pubblica è opportuno attivare gli espedienti previsti per la diffusione vocale con possibili accorgimenti affinché le parole e i concetti possano giungere integri ai destinatari. Dovrai curare il linguaggio del corpo attivando posture aperte da assumere come atto di accoglienza nei confronti degli ascoltatori. Non dimenticare di curare la scelta dei vocaboli, perché devono essere adeguati agli interlocutori. Il tono di voce dovrà essere incalzante e piacevole. Se ritieni di non essere preparato, leggi testi specifici sul parlare in pubblico che ti forniranno utili consigli pratici.

Prossemica e autorità

Un concetto impegnativo, che incide notevolmente sulla nostra vita, è quello di autorità, che la prossemica tenta di spiegare con un significato simbolico.

Quando Fedro, nella favola *Il lupo e l'agnello*, introdusse il tema della prevaricazione, forse conosceva il significato intrinseco della prossemica. Egli collegò il senso del dominio all'altezza. Infatti, il lupo – il personaggio più forte – dall'alto prevaricava l'agnello (*superior stabat lupus, inferior agnus*).

Questo è quanto accade anche tra gli uomini.

Vediamo alcuni simboli di superiorità, ovvero di autorità, ai quali fare attenzione per attivare quella competenza comunicativa che stiamo acquisendo ai fini di ottimizzare le nostre relazioni riflettendo su regole e segreti della comunicazione che stimolino anche la nostra curiosità.

Nelle civiltà occidentali è d'uso bussare prima di entrare nella stanza di un'altra persona: è il nostro segnale di allerta per evitare di invadere il territorio altrui. Ma non sempre lo spazio dell'altro viene rispettato.

Le persone potenti cercano di occupare uno spazio superiore agli altri, perché sanno che conferisce loro maggiore prestigio. Maggiore spazio, maggiore status.

Il grado di autorità della persona viene messo in evidenza dalla grandezza dell'ufficio, dall'altezza dello schienale della poltrona, dal tempo che lascia passare prima di darvi il permesso di entrare nel suo ufficio, da come, invece, entra liberamente nel vostro senza bussare.

Vediamo ora il significato di sedersi attorno a un tavolo. È il caso di chiedersi: il tavolo ci riunisce o ci divide?

Attorno a un tavolo rettangolare si svolgono di solito la maggior parte dei rapporti di lavoro, sia esso una scrivania o un tavolo da riunione.

Il posto che si occupa è significativo: infatti, risulta indicativo dei rapporti che intercorrono tra le persone e del clima che verrà a instaurarsi durante il loro colloquio. Perché la distanza personale esprime anche la distanza interiore tra i partecipanti.

Se il tuo capo è seduto dietro alla sua scrivania e tu devi sederti con lui per svolgere un lavoro, rispetto alla sua posizione hai almeno tre possibilità, tre modi di sederti importanti per scegliere il rapporto che verrà a instaurarsi e per il risultato che potrai perseguire.

La posizione frontale

Questa posizione vede le due persone sedute di fronte. Può rivelarsi la più pericolosa perché porta a dividere il tavolo in due parti uguali come per un'ideale partita: il rischio è che le persone in questa posizione tendano ad assumere un atteggiamento competitivo, quasi di sfida.

Per questo motivo, potendolo fare, è una situazione da evitare se desideri instaurare un rapporto di collaborazione.

Può essere invece la posizione ideale per un capo che intenda rimproverare un suo dipendente o impartire ordini. In questo caso il senso della partita da giocare esiste ma entrambi sanno chi è il vincitore.

La posizione angolare

Sedersi ad angolo, in prossimità dell'altra persona, si rivela la posizione ideale quando si deve intrattenere un colloquio, perché entrambe le persone possono guardarsi in faccia e parlare con tono di voce normale.

Allo stesso tempo possono avere una parte di tavolo libera per il movimento e per lasciare spaziare lo sguardo, che può non essere diretto. Questa risulta una posizione abbastanza rilassante, che crea minore tensione rispetto a quella precedente e nella quale si può lavorare più serenamente.

L'angolo del tavolo inoltre funge da barriera parziale e perciò si percepisce una certa protezione.

Questo è anche il posto migliore per la segretaria alla quale si devono dettare degli appunti: lei è abbastanza vicina perché il capo possa usare un tono di voce normale; il capo nel contempo ha il campo libero davanti a sé per concentrarsi su quanto va dettando. Se nei diversi impegni lavorativi riesci a sederti in questa posizione hai buone probabilità di successo.

La posizione laterale

Sedersi dalla stessa parte del tavolo, secondo la prossemica, coincide con l'essere insieme all'interlocutore dalla stessa parte della barricata. Il significato appare evidente: la persona con la quale lavori ritiene che tra voi esista pari livello e che le vostre idee siano abbastanza affini per affrontare un problema che riguarda entrambi.

Tieni conto che, se un venditore riesce a sedersi in questo modo con un potenziale cliente, questo sentirà con più forza la sensazione di fare un ottimo affare se verrà conclusa la trattativa. Non è certo una posizione facile da raggiungere, ma vi sono dei piccoli stratagemmi per conquistarla.

Supponiamo che tu debba sottoporre dei documenti a qualcuno che, dietro la scrivania, ti invita a sedere di fronte a lui.

La scrivania è larga e tu hai poche possibilità di successo dalla posizione in cui ti trovi: l'ideale per te sarebbe riuscire a passare dalla sua parte, per poter meglio illustrare il tuo progetto.

Prova questo piccolo trucco: disponi il fascicolo in mezzo alla scrivania.

Se la persona non è interessata ad approfondire l'argomento, non si muoverà dalla sua posizione: allora resta al tuo posto e, senza molte speranze, inizia a parlare. Può darsi che l'altro si sporga in avanti per vedere meglio, il che significa "mi interessa, ma resta al tuo posto".

Se invece il tuo interlocutore attira dalla sua parte il fascicolo, ti viene offerta la possibilità di seguirne il percorso: chiedi a questo punto se puoi avvicinarti per illustrarlo e poi rapidamente spostati al suo fianco.

Non aspettare il momento opportuno: crealo.
George Bernard Shaw

Anche nell'incontro tra più persone è importante potere fare piccole manovre strategiche di posizionamento; non è mai buona cosa avere un atteggiamento passivo lasciando tutto al caso.

Sedersi in cerchio

Re Artù e i cavalieri della tavola rotonda vengono citati spesso per l'inusuale presenza del re al tavolo con i suoi cavalieri.

La parità democratica è ciò che di norma si rintraccia quando il tavolo è rotondo, a meno che allo stesso tavolo non sieda una persona molto più importante (Re Artù o il capo di turno), perché allora tutto cambia e l'importanza delle persone viene sancita in base alla maggiore o minore lontananza dal capo. Se possibile, scegli la posizione più consona.

Poiché gran parte del nostro tempo lavorativo dedicato ai nostri interlocutori lo trascorriamo in posizione seduta, vediamo alcuni suggerimenti da ricordare per sviluppare una buona competenza comunicativa e rendere brillanti gli incontri, indipendentemente dal rapporto gerarchico eventualmente previsto.

◎ In pillole

> Quando sei seduto di fronte al tuo interlocutore cerca di spostare la tua sedia in modo leggermente diagonale per evitare che gli sguardi siano diretti: ciò elimina quel senso di competizione che spesso inibisce la relazione

> Qualunque sia la tua collocazione, posizionati sulla sedia in modo rilassato evitando la rigidità muscolare.

> Nel parlare utilizza al meglio il tempo a disposizione: cerca di scegliere parole gradevoli così da prolungare l'attenzione del tuo interlocutore.

> Se necessario prendi appunti, ma che siano concisi: ciò rivelerà all'altro il tuo interesse all'incontro e, contemporaneamente, non allungherà a dismisura i tempi a disposizione.

> Anche la tua immagine personale dovrà essere ben progettata: cura l'aspetto fisico e l'abbigliamento, usa un tono di voce conciliante ma fermo e fai in modo che lo sguardo non sia sfuggente ma neanche troppo fisso. Ricorda di tenere le mani sempre in vista sulla scrivania.

> Poiché è molto importante la posizione in cui ti siedi, cerca di attivarti per scegliere quella che risulta più congeniale all'incontro: ottimizzare i risultati è un fatto di responsabilità oltre che di astuzia.

Gestualità

Vediamo ora un altro aspetto particolarmente interessante da esplorare: la gestualità. È una parte della comunicazione non verbale nella quale vengono definite le posizioni gestuali dei soggetti della relazione in riferimento alla comunicazione verbale che, con essa, viene sottolineata, enfatizzata.

Durante tutta l'infanzia lo sviluppo graduale della parola è sorretto dall'importante ruolo della gestualità, con cui esprimiamo dolori, gioie, desideri. In età adulta accompagniamo le parole con gesti che ci caratterizzano in quanto rivelano la nostra personale identità.

Ricordiamo che cultura ed età influenzano i nostri gesti. Infatti, persone colte e istruite hanno una gestualità meno evidente, in quanto si ritiene che abbiano a disposizione un grande numero di vocaboli e che, non essendo in difficoltà nel dialogo, non abbiano necessità di sostenere le parole con gesti chiarificatori.

Viceversa, le persone con un vocabolario ridotto si aiutano con i gesti per precisare quello che intendono dire.

Anche l'età influisce sulla gesticolazione, nel senso che persone anziane hanno una maggiore difficoltà ad attivare la muscolatura rispetto al giovane e quindi gesticolano meno.

Velocità e ampiezza dei gesti fanno assumere significati particolari alla comunicazione.

Secondo recenti ricerche, il movimento delle mani attiva parti del cervello deputate all'arricchimento della memoria, facilitando il recupero di immagini e forme del passato che sono oscurate nella mente.

◎ In pillole

> Fai attenzione alla gesticolazione mentre parli: movimenti ampi e lenti esprimono sicurezza, capacità di controllo, autorevolezza; movimenti brevi e veloci suggeriscono un'immagine di vivacità, velocità di pensiero ma anche di eccitazione o inquietudine.

- > Se la gestualità è intensa e evidente, si ritiene che il soggetto sia molto attivo e, in quel momento, coinvolto sul piano affettivo ed emozionale
- > Se riesci a controllare la gestualità, riuscirai a dare un'impressione corretta e positiva di te.
- > Osserva con interesse la gestualità dell'altro per riconoscere il suo stato d'animo e la sua disponibilità verso di te e verso quello che stai proponendo.

Postura

È il modo di atteggiarsi del nostro corpo. Un linguaggio molto preciso che ci fa riconoscere dagli altri in tempi brevissimi e senza una formale presentazione. Contribuisce a definire la prima impressione in pochi secondi, con scarsa possibilità di errori.

Selezioniamo alcune posture che ci consentono di accrescere la consapevolezza del nostro atteggiamento e la lettura dell'atteggiamento altrui.

Braccia conserte

Incrociare le braccia è forse il gesto più simbolico per segnalare l'esistenza di una posizione mentale di barriera e chiusura.

Si mettono le braccia conserte quando si è soli tra estranei, quando ci si vuole difendere, quando non si è d'accordo con l'interlocutore.

Questa posizione segnala una situazione di attesa che le cose si mettano meglio, diversamente non siamo interessati e ci escludiamo. Attenzione a non scambiare la chiusura dell'altro con una imprecisata comodità personale.

Braccia che si agganciano

Il soggetto che afferra con le mani le proprie braccia conserte testimonia una condizione di forte tensione. È una forma di isolamento e di riserva. Forse la persona ritiene di non essersi potuta affermare come avrebbe voluto nei confronti dell'interlocutore e si pone pertanto in una posizione di chiusura, dimostrando anche un certo risentimento per non essere stata capita.

Braccia aperte

Può sembrare l'inizio di un possibile abbraccio. Con questa posizione la persona mostra con fiducia zone scoperte (torace e palmo delle mani). L'indicazione è di disponibilità all'ascolto e buona fede: la persona che si presenta così non ha nulla da nascondere.

Braccia che chiudono e schiacciano

Col palmo delle mani girato verso il petto in posizione dinamica come a schiacciare qualcosa, si vuole sembrare aperti e sinceri, ma in realtà si sta coprendo qualcosa, come stanno facendo le mani col nostro pettorale. Può indicare chiusura ma anche rabbia e un certo rancore per una situazione di inferiorità in cui l'altro vorrebbe metterlo e per questo motivo le mani da aperte e disponibili scendono a schiacciare il cuore.

Braccia a "lame"

In questa posizione, le braccia sono protese in avanti parallele, con le mani tese a taglio, come a delimitare gli spazi. L'immagine che ne deriva è quella di due lame che tagliano e chiudono i confini ideologici che si considerano invalicabili.

La persona che assume questa posizione non vuole perdere tempo. La sua posizione è ferma e decisa.

Braccia che spingono in basso

Quando una persona parla e vuole rafforzare le sue parole, mentre alza il tono della voce, batte il palmo delle mani sul tavolo che ha davanti. Con questo gesto vuole dare forza ed efficacia al suo discorso e non intende essere contraddetta nella sua aggressiva prevaricazione. Per convincere gli altri, si impegna più in modo imperioso che persuasivo, e questa potrebbe anche essere una caratteristica della sua vita privata.

Braccio che verifica

È la posizione di chi, ad esempio, verifica se è a posto il polsino della sua camicia o la chiusura dell'orologio. Si tratta di una barriera simbolica, come per le braccia conserte, ma meno forte. La posizione è più morbida e il soggetto è più possibilista, meno chiuso e meno pessimista e la posizione difensiva può nascondere disagio e agitazione, quindi il soggetto può ricercare col gesto un attimo di raccoglimento: parte guardingo ma è disposto ad aprire il suo atteggiamento verso gli altri.

Braccio che sostiene

Per le donne questo gesto coincide di frequente con lo stringere al petto una borsetta, sorreggere un libro, un soprabito. Simbolicamente è uno scudo di protezione che consente una maggiore disinvoltura anche in presenza di estranei.

Braccia nascoste

Quando teniamo le braccia dietro la schiena, generalmente mentre camminiamo, possiamo nascondere due stati d'animo:

- se una mano posta dietro la schiena afferra saldamente il polso dell'altra che è anche chiusa a pugno, il gesto indica uno stato di frustrazione e di rabbia: si cerca di controllarsi come se a livello inconscio ci si volesse trattenere dallo sferrare un pugno. Più la mano afferra in alto il braccio dietro la schiena, più la persona è arrabbiata e in tensione.
- se, invece, una mano sostiene l'altra, la persona è rilassata, ha fiducia in se stessa e ha coscienza della sua autorità sui presenti. Il suo è uno stato d'animo di osservazione e di riflessione.

Palmo scoperto

Chi tiene la mano aperta, e in particolare chi tiene il palmo scoperto verso l'alto, segnala che non intende nascondere nulla al suo interlocutore; è un segnale di onestà e di disponibilità nel parlare e nel fare. Questa posizione è anche un segnale di sottomissione.

La mano aperta può chiedere ma può anche offrire un dono. Sin dall'antichità, quando gruppi o persone si salutavano, era d'uso esporre i palmi delle mani non guantate per mostrare che non si nascondevano armi o altri oggetti di offesa.

Mani nascoste

Per contro, quando una persona tiene le mani nascoste esprime la sua intenzione di non volersi esporre completamente. Si sente in difficoltà e pertanto nasconde le mani.

Mani a cuneo o a tetto

Questo gesto impegna le mani che si chiudono verso l'alto con i polpastrelli a contatto, come a formare un cuneo o anche un tetto. Indica lo stato d'animo di una persona molto sicura di sé che intende mostrare agli altri la sua superiorità.

Se è lui a parlare, il cuneo è rivolto verso l'alto; se invece sta ascoltando, le mani a cuneo sono sulla scrivania o rivolte verso il basso: il soggetto è nella posizione di chi ascolta con pazienza, ritenendo di avere solo lui la soluzione del problema di cui si sta parlando.

Questa posizione delle mani, se tenuta troppo a lungo, può diventare un segnale di aggressività.

Mani a freccia o a punta

Quando le mani sono intrecciate e espongono puntati in avanti solo gli indici (che è il dito del potere e del comando) questi formano una punta. Il significato è quello del gesto precedente ma risulta più evidenziato il senso di sicurezza e di presunzione.

Mani a pistola

Sono mani intrecciate, con indici accostati e pollici sollevati verso l'alto (il pollice simboleggia la forza dal punto di vista fisico): non può che derivarne una posizione aggressiva di chi vorrebbe prevaricare e sente di perdere tempo. Le mani tenute in questo modo formano proprio una pistola come a dire "ti sparerei", per risparmiare tempo e risolvere subito la questione.

Mani a pugno

Quando in ogni circostanza le mani sono strette a pugno, c'è nella persona rabbia e ostilità, il desiderio di uno scontro almeno verbale.

Se la persona in quel momento è sola, vuol dire che sta ripensando a una umiliazione subita e ne rivive la rabbia e l'emozione frustrante. Se è in pubblico, manda agli altri segnali aggressivi ben decodificabili e tali da provocare negli altri una reazione dello stesso tipo. Questa posizione induce gli altri alla difesa/offesa.

Mani composte

Se le mani sono sovrapposte sulla scrivania anche in posizione rilassata, mandano un segnale di sola cortesia senza partecipazione. La persona con questo atteggiamento segnala che non farà nulla per risolvere il vostro problema.

Ricordiamo che nelle mani nascoste c'è sempre un'indicazione di chiusura, un nascondimento che può essere mitigato dalla posizione rilassata: quindi disponibilità all'ascolto ma non accoglienza, interessamento o partecipazione.

Spostare un oggetto, allontanandolo

Questo gesto manifesta un sentimento negativo di forte rifiuto verso una persona o verso quello che dice. Si traduce in un desiderio risoluto di allontanare dalla vista quella persona per non vederla e non sentirla più. Se ciò non è possibile, quell'impulso di rifiuto si rivolge all'oggetto che in quel momento è più vicino (posacenere, penna, incartamento).

Se l'oggetto viene spinto verso la persona che è di fronte, è proprio quella persona a essere rifiutata. Se il gesto è meno violento e l'oggetto viene spinto lateralmente, è ciò che la persona dice a essere rifiutato.

Il gesto descritto è usato non solo davanti a una scrivania ma anche davanti a un tavolo conviviale ed è tanto più grave quanto più i presenti sono parenti stretti o amici. È un gesto abituale della persona nervosa e verrà velocemente recepito.

Tamburellare con le dita

Innervositi da una persona o dalla conversazione, si è impazienti che tutto finisca, che l'argomento venga chiuso. Rivela anche la necessità di avere un proprio spazio nel discorso.

Alzare le mani

Se si alza una mano col palmo aperto verso l'ascoltatore significa stop, fermarsi, non andare oltre (come la paletta del vigile).

Se si alzano tutte e due le mani nel momento in cui ci viene chiesto qualcosa, significa "non è di mia competenza, non posso farci niente, smetti pure di parlare perché non cambio parere".

Le strette di mano

Dare la mano è uno dei modi più consueti e pressoché universali di entrare in contatto con un'altra persona.

I momenti e le circostanze per cui compiamo questa azione sono molteplici: la usiamo come rituale per "rompere il ghiaccio" con un estraneo, come forma di saluto all'inizio o alla fine di un incontro, per congratularci con qualcuno, per cercare una rappacificazione.

Ogni stretta di mano è un'esperienza diversa:

- rapida, decisa, ferma: sicurezza e alta autostima
- rustica, troppo forte nello stringere e nell'agitare: schiettezza, abitudine ai lavori manuali, forse ostentazione di forza, grossolanità
- lieve e tenue: debolezza, insicurezza, paura di coinvolgersi, falsità
- infinita (troppo lunga): invadenza, "appiccicosità"
- tremolante con sudorazione: ansia e agitazione
- ponderata e di media intensità: socievolezza o desiderio di non definirsi subito.

La persona che per consonanza al suo lavoro utilizza tantissimo questo strumento, certamente ha assimilato dentro di sé diversi significati simbolici dell'atto. È però richiesta una ulteriore riflessione sull'utilizzo corretto della stretta di mano: non se ne deve fare un uso eccessivo perché rilasciamo all'altro una nostra dichiarazione che forse domani vorremmo avere non dato; non si deve neppure essere avari, perché molto spesso la stretta di mano conferma, rassicura, aiuta la relazione. È opportuno che il soggetto aderisca all'immagine di sé da trasmettere scegliendo la stretta di mano che più lo rappresenta.

Mano chiusa contro la guancia, indice verso la tempia
Questa postura indica che l'interlocutore sta ascoltando e valutando con interesse quanto gli stiamo dicendo: l'indice puntato verso l'alto è un segnale cognitivo di attenzione.

Mano che sostiene la testa
Dalla posizione precedente, se il discorso perde di interesse o si fa troppo lungo, l'interlocutore diventa meno vigile e la mano aperta scivola dalla guancia fino alla fronte per sostenere la testa. Questo è un atteggiamento di stanchezza e di noia: è bene fare un break.

Mano contro la guancia, pollice sotto il mento
Se dalla posizione mano contro la guancia indice verso l'alto, il pollice si sposta sotto il mento, quasi a sorreggere la testa, significa che la persona ha cambiato atteggiamento e vi sta valutando criticamente. È quindi il pollice (dito del sé) che fa la differenza tra un atteggiamento di ascolto interessato e uno di giudizio critico.

Poiché questo atteggiamento è ben riconoscibile, quando si presenta è prudente intervenire per farlo modificare portando rapidamente argomenti di sicuro interesse

Le gambe

La posizione delle gambe rivela il nostro carattere e il nostro stato d'animo: le posizioni eccessivamente chiuse hanno un significato di difesa (timidezza, debolezza, insicurezza, necessità di proteggersi), quelle eccessivamente aperte di prevaricazione e di aggressività.

Gambe serrate

La persona che è in piedi con gambe rigide e ginocchia strette dà l'impressione di non riuscire a rimanere in posizione eretta, in quanto la base di appoggio del corpo risulta stretta e ciò induce a un leggero ondeggiamento per mantenere il giusto equilibrio. L'ondeggiamento è la lettura di uno stato d'animo: quello di una persona che è in difficoltà per emozione o insicurezza.

Gambe larghe

In piedi con le gambe larghe si assume una posizione minacciosa e arrogante dove il messaggio del corpo è piuttosto chiaro.

Per inviare un messaggio di minaccia al fine di impaurire l'avversario, l'animale si gonfia e rizza il pelo, assumendo un aspetto rabbioso.

Lo stesso messaggio viene inviato dall'uomo quando si presenta con gambe allargate e ben radicate a terra: in questa posizione infatti, la persona appare più forte, aggressiva e pericolosa.

Gambe incrociate

Quando una persona è ferma in piedi, normalmente ha le gambe ravvicinate e appoggia – in modo possibilmente omogeneo – il peso sui due piedi, oppure può spostarlo da un lato all'altro.

Se invece incrocia le gambe, assume una posizione di difesa. È il segnale che la persona è a disagio in quell'ambiente che forse non conosce, ma la postura definisce anche un altro particolare: una malcelata disinvoltura che forse giova psicologicamente a chi assume la posizione, ma per chi guarda è una posizione di chiusura.

Il nostro modo di stare seduti

Ora osserviamo le persone sedute: a una conferenza, a un convegno, a una riunione, nel corso di normali conversazioni, sul posto di lavoro, in tante altre circostanze. Abbiamo detto che nella società moderna passiamo più tempo seduti che in piedi.

Nell'ambito delle diverse posizioni sedute, vediamo alcune caratteristiche che ci definiscono:

- quando una persona è interessata si raddrizza sulla sedia e non si appoggia comodamente allo schienale
- quando è stanca o disinteressata vi si abbandona
- se non vuole perdere una parola di quanto viene detto si piega in avanti (senso di avvicinamento a chi parla)
- se invece vuole prendere le distanze si appoggia allo schienale (senso di allontanamento da chi parla)
- se occupa tutta la sedia è per sottolineare la sua presenza (ascolto attivo)
- se si siede sul bordo è perché si sente provvisoria, intende andarsene presto, forse anche perché ha poco tempo.

Queste osservazioni, specie in ambito lavorativo, prevedono la seduta su sedia, in quanto la poltrona, anche se indicativa, modifica in parte le posizioni.

Per la serie di posture che ora ci accingiamo a descrivere, vale una premessa generale. Quando il bambino si sente minacciato, cerca di nascondersi dietro un oggetto o una persona. Col tempo impariamo a dissimulare il nostro bisogno di rifugio: in questo stato d'animo incrociamo le braccia per proteggere il cuore, incrociamo le gambe per proteggere i genitali, assumiamo posizioni di riparo per le zone di massimo interesse vitale.

Gambe accavallate

Accavallare le gambe è considerato un atteggiamento di chiusura, di difesa e di protezione. Ma se, oltre ad accavallare le gambe, il nostro interlocutore incrocia anche le braccia, questo significa che non è più interessato al nostro discorso, non crede a quello che gli stiamo dicendo o si sente messo in discussione.

In passato la posizione delle gambe accavallate era considerata sconveniente, un atteggiamento di maleducazione, di arroganza, di disinteresse per l'altro. Attualmente questa postura è molto più utilizzata ed è indice di riservatezza. Fondamentalmente rimane un segnale di chiusura e di esclusione dell'altro. La posizione risulta mitigata quando l'interno del piede della gamba accavallata è volta verso la persona con la quale si è disponibili all'approccio.

Per la donna, questa è una posizione di seduzione, specie se le gambe scivolano lateralmente scoprendo la coscia.

Gambe a barriera

Quando la caviglia di una gamba si appoggia sul ginocchio dell'altra, la posizione risulta più aggressiva di quella precedente.

Se in questa posizione la persona pone le mani sulla caviglia della gamba accavallata, l'aggressività e la chiusura aumentano: la gamba tenuta ferma con le mani diventa una vera e propria barriera. In tale postura, la persona disapprova quanto sta succedendo, rimane in silenzio, ma è anche pronta a passare dalla posizione di difesa a quella di attacco.

Incrocio alle caviglie

Anche il semplice incrocio delle caviglie nella posizione seduta segnala un atteggiamento difensivo.

Se le braccia sono libere, questo incrocio può voler significare un momento di chiusura o di riservatezza da cui si può facilmente uscire per una variazione del contesto (l'arrivo di un amico, lo squillo del cellulare, il suono di una sveglia). Se però si accompagna all'irrigidimento del corpo, a mani che stringono i braccioli della sedia o a denti che mordono il labbro inferiore, allora esprime uno stato emotivo di forte tensione o paura.

Può anche significare una condizione di disagio per un ambiente nuovo o per persone che incutono soggezione, quindi difficoltà al dialogo.

Gambe divaricate

Le gambe divaricate permettono all'uomo di mettere in mostra la sua virilità segnalando il desiderio di dominio sugli altri.

Anche gli animali durante l'accoppiamento manifestano la loro presenza alle femmine e agli altri maschi: marcando il territorio segnalano il loro desiderio di dominio, sovranità e sfida.

Se la posizione delle gambe divaricate è accompagnata da un braccio portato dietro la testa, in modo da mettere in mostra il torace, la posizione diventa più critica, in quanto mostra anche superiorità e supponenza

La testa e il collo

Abbiamo lasciato per ultime, in questa sequenza di posizioni, quelle della testa che, riunisce in sé organi di senso che forniscono informazioni e il cervello che le elabora. Infatti, la flessibilità del collo indica una personalità aperta a recepire notizie, al mondo e alle novità che ci vengono proposte.

Molti movimenti della testa sono orientati a proteggere e difendere il collo da possibili infortuni. Per gli animali, come per l'uomo, l'esposizione della gola ha un significato di sfida oppure di resa incondizionata.

Con i movimenti del capo possiamo esprimere le nostre intenzioni, i nostri sentimenti e il nostro carattere.

Assentire e dissentire

I gesti più frequentemente compiuti dalla testa sono quelli di assenso e dissenso.

In molte occasioni della vita possono essere inviati dei doppi messaggi. Ad esempio può accadere che, mentre la persona afferma di condividere quanto l'altro sta dicendo o che farà ciò che l'altro propone, il capo faccia un movimento di diniego. In questo caso manca la convinzione e il movimento della testa risulta prioritario perché involontario.

Testa eretta

È l'atteggiamento di un buon ascoltatore: indica che il soggetto è presente con tutto se stesso e che partecipa attivamente. Sarebbe ottimale che il leader potesse rendersi conto di quando i suoi collaboratori assumono, specie in sua presenza, questa posizione. Allo stesso tempo sarebbe bene che, nelle riunioni alle quali partecipa, mostrasse a sua volta massimo coinvolgimento, attenzione e ascolto nei confronti degli altri, assumendo la posizione del capo corretta.

Testa piegata in avanti

Significa ostilità, stato d'animo negativo e critico: ricorda il broncio del bambino quando gli si dice di non fare una cosa che lui vorrebbe fare. Il viso è scontento, lo sguardo basso e ostile, la testa piegata in avanti. Nell'adulto è probabile che questo gesto si accompagni a braccia e gambe incrociate.

Testa all'indietro

Mostrare la gola, alzando il mento e piegando la testa all'indietro, è un segnale arrogante di superiorità e di sfida perché con questa posizione si guardano gli altri dall'alto in basso. Come a voler dire: "non ti temo e ti sfido, guarda: ti mostro la gola perché so di essere il più forte".

Per la donna spesso è un segnale di seduzione: indica arrendevolezza e disponibilità, ma sempre con cautela.

Testa inclinata di fianco

Quando il cane ascolta attentamente il padrone, piega la testa di lato come per sentire meglio; il bambino che ascolta con attenzione un racconto o una favola compie lo stesso gesto. Anche l'adulto che inclina la testa di lato mentre ascolta l'altro, invia un segnale di alto interesse e di attenzione.

◎ In pillole

Fanno parte della comunicazione non verbale alcuni elementi che condizionano ulteriormente le nostre relazioni e che testimoniano il dialogo tra personalità e conformazione fisica.

Nell'immaginario collettivo, le persone sovrappeso risultano gioviali, divertenti, di compagnia, anche se, ai giorni nostri, l'eccesso di peso entra in relazione con un certo malessere e con l'immagine di trascuratezza che procurano inquietudine. Le persone magre risultano nervose e tese. Le persone alte incutono una certa soggezione. Un corpo muscoloso dà un'idea di coraggio e di forza.

L'abbigliamento parla di noi

> Vestitevi da barbone e vi comporterete da barbone. Vestitevi da gentiluomo e vi comporterete da gentiluomo. Gli abiti creano negli altri un'impressione alla quale sentiamo di dover corrispondere.
> *Jack Wood*

L'abbigliamento è un importante codice nella comunicazione perché racchiude elementi di status, sociali e legati nell'immaginario collettivo ai concetti di rispetto, stima e considerazione; suscita ciò che gli altri pensano di noi, caratterizza il nostro stile di vita, la nostra autorealizzazione, la nostra posizione nel mondo e nelle relazioni.

Nel Medioevo la condizione sociale era strettamente espressa dal modo di vestire ed esistevano precise norme per ciascun ruolo. Se si trasgrediva a queste regole e si superavano i limiti consentiti al proprio stato sociale, erano previste vere e proprie pene per i trasgressori.

Questi segni di riconoscimento, così chiaramente sanciti, sparirono con l'affermarsi della società moderna che non ammette più marcate distinzioni sociali, anche se le differenze di status e condizione sono ancora molto riscontrabili dagli indumenti.

Il codice di abbigliamento ha una forte rilevanza sociale, una forma di caratterizzazione che ci inquadra e ci fa sentire parte di una élite, di un gruppo. Un esempio su tutti è rappresentato dai jeans, che da abito di lavoro sono diventati divisa di ruolo e di omologazione specialmente tra i giovani.

Pensiamo anche alle uniformi di soldati e polizia, alla veste ecclesiastica, ai camici bianchi dei medici: l'abbigliamento ci rende riconoscibili e soddisfa la nostra ricerca di sicurezza e appartenenza.

Certamente l'abbigliamento ci fa leggere dagli altri, dice non soltanto chi siamo, ma anche come siamo.

- Chi indossa abiti comodi, in genere, ama una vita rilassata, apprezza un ambiente confortevole e ricerca la qualità nei servizi.
- Chi si veste in modo preciso e meticoloso, curando i minimi dettagli, mostra un carattere metodico, con tendenza a compiere le sue incombenze esattamente e senza stravaganze. Nel suo carattere ci sarà un buona dose di insicurezza, dalla quale trova riparo proprio con la cura del dettaglio che evita i rischi dell'improvvisazione.
- Chi si veste in modo sfarzoso evidenzia la necessità di essere notato, la tendenza a monopolizzare l'attenzione degli altri con il rischio di non essere un buon ascoltatore.
- La persona sobria è la più gradevole da incontrare perché in genere sa essere curiosa e disponibile, ha una cura equilibrata della sua persona e una mentalità aperta nei confronti degli altri.

Il codice dell'abbigliamento comporta anche, nell'attuale società, alcune restrizioni che diventano più rigide man mano che si sale nella scala delle gerarchie sociali. Per esempio, da personaggi della vita pubblica e dell'economia, ci si aspetta un abbigliamento convenzionale; mentre persone famose e del mondo dello spettacolo sfoggiano look stravaganti, di lusso e di tendenza.

Nelle donne, quando è previsto un loro inserimento nei ranghi più alti, oltre che per scopi di rappresentanza, l'abbigliamento e i gioielli non devono seguire troppo smaccatamente la moda, a favore di un'eleganza classica.

Esistono poi tutta una serie di norme legate alle situazioni ufficiali: ad esempio l'abito scuro per l'uomo, l'abito lungo per la donna in serate di gala, la cravatta chiara per un matrimonio e quella scura per un funerale, il frac o lo smoking per ricevimenti o festività solenni. In questi casi chi veste in modo differente rinuncia alla forma e mette in discussione il proprio ruolo.

Non dimentichiamo l'importanza delle scarpe: mentre l'abito indica come vogliamo apparire, le scarpe parlano di ciò che siamo realmente.

Per questo anche le scarpe hanno una funzione di status e vanno indossate secondo parametri di riconoscimento cui dobbiamo corrispondere. Occorre pertanto cercare di abbinarle nel modo migliore al tipo di vestito che indossiamo e al genere di incontro che sappiamo di avere.

Da come scegliamo i capi di abbigliamento e gli accessori, non comunichiamo solo il nostro status reale ma anche quello che vorremmo raggiungere. Per questo l'abbigliamento è un importante canale di informazioni che il linguaggio del corpo sa decodificare e che è bene considerare con molta attenzione.

Proprio perché l'abbigliamento partecipa alla formazione della "prima impressione" è opportuno avere molta cura nelle scelte, perché queste forniscono informazioni su quali sono i nostri obiettivi, le ambizioni, le emozioni che si provano o che si vuole suscitare. L'abbigliamento che scegliamo dovrà essere conforme al ruolo che ricopriamo e alle relazioni che intratteniamo.

A volte basta un'occhiata per conoscere, attraverso l'abbigliamento, l'umore e la predisposizione del giorno.

◎ In pillole

- Scegli il colore che più ti corrisponde in generale, ma in particolare per ogni incontro personale o di lavoro cui ti stai recando.
- Scegli un abbigliamento appropriato: sobrio, elegante, sfarzoso, a seconda del tuo interlocutore. Se non lo conosci sii prudente e

rimani nel classico, oppure buttati e segui il tuo estro: in fondo, a volte è il modo per sapere se sei accettato per quello che sei.

> L'abbigliamento va scelto anche a seconda dell'ambiente in cui avviene l'incontro: un locale pubblico alla moda consiglierà un abbigliamento più spigliato rispetto a un locale esclusivo che richiederà maggiore attenzione.
> Sii consapevole del ruolo che giochi e di quello del tuo interlocutore: il tuo abbigliamento deve tenere conto anche di questo.
> Assicurati che il tuo abbigliamento invii i messaggi che intendi dare: prima delle parole, il tuo abbigliamento parla per te e di te.
> La donna deve avere un'attenzione ancora più accentuata al proprio abbigliamento per non creare nell'altro una confusione che nuocerebbe alla relazione.
> Se non ti sai destreggiare, leggi qualcosa di specifico su questo argomento: esistono libri che sanno dare ottimi consigli.

5.

Stili comunicativi

Ciascuno di noi utilizza un particolare "stile comunicativo" che esprime la propria identità, maturata nel corso del processo di socializzazione che risale all'infanzia, strettamente connesso con le figure che ci sono state di riferimento e che ci hanno in qualche modo condizionato. Questa nostra identità così costruita, ha subito continui ritocchi e cambiamenti suggeriti dalle nostre esperienze. Pertanto il nostro stile comunicativo è in parte inconscio e in parte forgiato dalla vita che abbiamo vissuto.

Il nostro stile comunicativo caratterizza e indirizza ogni nostra relazione, sia personale sia lavorativa. Analizziamo gli stili comunicativi fondamentali: ci servirà per renderci conto di quale adottiamo, spesso in modo inconsapevole, ma ci servirà soprattutto per riuscire a modificarlo strategicamente in situazioni che riteniamo importanti come scelte di vita privata o professionale.

Stile aggressivo

> La potenza non consiste nel colpire forte e spesso ma nel colpire giusto.
> *Honoré de Balzac*

È la modalità delle persone che adottano un comportamento basato sulla prevaricazione dell'altro, sul riconoscimento dei propri diritti e sulla convinzione che le proprie esigenze siano prioritarie rispetto a quelle degli altri. Chi agisce in questo modo spesso calpesta i diritti, le opinioni, i sentimenti degli altri, compromettendo in modo irreparabile le sue relazioni interpersonali. Lo stile comunicativo aggressivo prevede di:

- attaccare
- formulare minacce
- impartire ordini e comandi
- criticare e biasimare
- umiliare e ridicolizzare
- interrompere l'altro mentre parla e cambiare argomento a propria discrezione.

Le parole più utilizzate dalla persona che adotta questo stile comunicativo sono "mai" e "sempre". È frequente l'uso del "tu" non con cordialità ma come posizionamento preminente.

La comunicazione non verbale è caratterizzata dalla postura con gambe divaricate e piedi ben piantati per terra come radicamento e intenzione di non volere cambiare, spalle spinte indietro per mostrare la forza del torace e mento verso l'alto. A livello prossemico, il soggetto tende a ridurre la distanza dall'interlocutore non per confidenza e amicizia ma – sia pure inconsciamente – per avere un vantaggio fisico in caso di attacco; se la distanza invece è più ampia della norma, il significato simbolico è di distacco. Lo sguardo è freddo o ironico, la gestualità è scarsa o concitata, il tono di voce è minaccioso o ricco di sarcasmo, il volume è alto. Quando il soggetto sta in silenzio sottolinea distacco e insolenza.

L'atteggiamento è di superiorità e di sicurezza.

Le persone aggressive ritengono sempre di essere nel giusto e di avere ragione: questo atteggiamento induce scarsa flessibilità e poca disponibilità al cambiamento. Inoltre, agiscono in tempi brevi, non lasciando spazi a riflessioni sulle conseguenze del loro comportamento.

Il loro pensiero dominante è: io sono ok / tu non sei ok, come vedremo più avanti parlando del processo di socializzazione.

Stile passivo

Se temiamo qualcuno, gli attribuiamo un potere su di noi.
Hermann Hesse

È la modalità delle persone che adottano un comportamento basato sulla censura dei loro sentimenti e dei loro bisogni, il che porta al soffocamento o all'annullamento di sé. Queste persone impostano la loro vita subordinandola a quella degli altri.

Lo stile passivo si esplicita attraverso questi atteggiamenti:

- ridimensionare se stessi
- non fare richieste agli altri
- accondiscendere anche quando non si è d'accordo
- non sapere mai dire di no
- cercare sempre l'approvazione degli altri.

Le parole più utilizzate sono "sì" e "come vuoi".

La comunicazione non verbale è caratterizzata da una postura tendenzialmente curva in avanti e chiusa; lo sguardo è rivolto verso il basso in modo da evitare il contatto visivo, quindi il confronto con l'altro; il volume di voce è molto basso ed è frequente l'uso di pause per respirare e prendere coraggio; le parole non escono in modo chiaro, fluido e sicuro; a ciò che stanno dicendo spesso aggiungono divagazioni e lunghi ragionamenti non chiari.

L'atteggiamento è di inferiorità, di apparente indifferenza e riservatezza anche quando non si è d'accordo.

Le persone che adottano questo stile comunicativo agiscono in tempi brevi non per scelta di chiarezza ma per evitare possibili discussioni o conflitti; spesso sono oggetto di prevaricazione e di strumentalizzazione da parte degli altri. Tendono a maturare sentimenti di impotenza e di autocolpevolezza oppure – al contrario – di collera e ribellione che però non riescono a fare fluire all'esterno se non attraverso forme indirette di mutismo e di isolamento.

Il loro pensiero dominante è: tu sei ok / io non sono ok.

Stile assertivo

> Gli uomini sono come aquiloni: più gli si dà corda, meglio si tengono.
> *Alexandre Dumas figlio*

È la modalità comunicativa delle persone aperte e sicure, che adottano un comportamento basato sull'affermazione dei propri sentimenti e dei propri bisogni senza dimenticare o prevaricare quelli degli altri.

Questo stile comunicativo si esplica attraverso:

- l'ascolto dell'altro con modalità "attiva"
- l'ascolto di sé
- la formulazione di richieste precise
- il rifiuto se è necessario
- la negoziazione
- la non colpevolizzazione dell'altro
- l'astensione dal giudicare l'altro
- il rispetto e la comprensione dell'altro
- la valutazione degli effetti del proprio comportamento
- l'azione.

La comunicazione non verbale è caratterizzata da una posizione eretta, con le spalle aperte; lo sguardo è rivolto verso l'interlocutore con il quale ricerca il contatto visivo più opportuno. Il tono e il volume della voce sono modulati a seconda delle circostanze ma sempre con l'obiettivo di facilitare la comprensione e il confronto con l'altro e di provocare reazioni positive che chiariscano posizioni incerte.

L'atteggiamento è aperto e disponibile.

Le persone assertive sono molto orientate al raggiungimento dell'obiettivo e reagiscono agli stimoli esterni in modo funzionale.

Questi tre stili comunicativi sono stati esposti nella loro espressione più assoluta per meglio orientare nelle scelte da fare: in genere compare una commistione tra i vari stili ma sempre con precisa tendenza al prevalere di uno tra gli altri.

È evidente come – a livello comunicativo e di relazione – lo stile più efficace sia quello assertivo, al quale dovremmo cercare di avvicinarci il più possibile per avere contatti chiari, non problematici e trovare sempre possibili soluzioni soddisfacenti.

L'arte di riuscire simpatici consiste nel trovare simpatici gli altri.
William Hazlitt

◎ In pillole

> Valuta sempre quello che il tuo interlocutore percepisce, non solo quello che tu dici, quindi sforzati di attivare un buon sistema di comunicazione efficace, mantenendo un corretto contatto oculare per renderti conto di come l'altro stia recependo il tuo messaggio.

> Se il tuo interlocutore si sente attaccato, significa che sente minacciata la propria autostima e tenderà a mettere in atto strategie difensive che ostacolano la comunicazione. Ricorda che solo se sostieni l'autostima dell'altro potrai comunicare con lui in modo soddisfacente e perseguire i tuoi obiettivi relazionali

> Se il tuo interlocutore reagisce difendendosi, non otterrai nulla mettendo in atto a tua volta strategie difensive. È pertanto opportuno rivedere il tuo atteggiamento e spianare eventuali obiezioni e conflittualità.

> Dedicati alla lettura e all'informazione: ogni fonte è utile per allargare i tuoi orizzonti e renderti più preparato nelle relazioni interpersonali alle quali lo stile assertivo sa predisporre.

> Persegui la flessibilità: la disponibilità ad accogliere l'altro non è un sacrificio né una rinuncia ma un'apertura e una conquista, un arricchimento.

> Se adotti uno stile assertivo, ti accorgerai di essere piacevole ed empatico. Conquisterai un nuovo modo di guardare oltre te stesso facilitando l'altro nella condivisione di messaggi, progetti, proposte.

> Il sorriso è il mezzo più importante per stabilire comunicazioni aperte. È così importante sapere sorridere e farlo spesso, che ti consigliamo di esercitarti davanti allo specchio, perché di questo particolare atteggiamento occorre trovare la giusta misura. Ricorda che il sorriso promuove rispetto nelle altre persone, apre amicizie, propone lealtà e franchezza di rapporti.
> Il rispetto e l'ascolto sono due caratteristiche fondamentali che determinano e definiscono la relazione e la disponibilità ad accogliere il punto di vista dell'altro anche se diverso dal tuo, eliminando eventuali impatti negativi che spesso si verificano quando si tende a fossilizzarsi su se stessi.
> Lo stile assertivo riesce a dirimere il conflitto pur mantenendo il proprio comportamento. La giusta distanza o vicinanza e una certa dose di sopportazione attiva aiutano a evitare posizioni critiche che determinano indisponibilità o irritazione.

6.

Processo di socializzazione e triangolo dei ruoli

Gli stili comunicativi di cui abbiamo parlato caratterizzano le nostre relazioni interpersonali e, conseguentemente, la qualità della nostra vita. Ma vogliamo ora riflettere sul perché adottiamo un certo stile comunicativo a preferenza di un altro.

In precedenza, parlando di identità, ci siamo resi conto che questa potrebbe essere raffigurata come un puzzle dinamico, che nel corso della nostra vita possiamo modificare, scomporre e ricomporre e che ci identifica esattamente anche quando si rinnova. L'identità è strettamente connessa all'esperienza e a quel processo di socializzazione che riguarda la formazione di base, ben radicata in noi che si attiva durante l'infanzia. Vediamone il meccanismo.

Il processo di socializzazione

Le persone, nell'arco della loro vita, tendono a riprodurre gli schemi relazionali che hanno sperimentato nell'infanzia.

Questo significa che, ad esempio, se non siamo stati ascoltati da bambini è molto probabile che da adulti troveremo altre persone che non ci ascoltano, oppure potremmo avere noi stessi la tendenza a non ascoltare gli altri proprio perché abbiamo fatto nostro quello schema. Crescendo, ci sentiremo sempre più a disagio in situazioni in cui non siamo ascoltati e troveremo sempre maggiore difficoltà a relazionarci con gli altri a livello empatico. Possiamo pertanto affermare che risulta difficile modificare uno schema che si è radicato nella nostra psiche.

Le modalità di socializzazione infantile sono un fattore determinante nello sviluppo della nostra personalità e nella capacità di ascolto dell'altro. Essere consapevoli di questo processo e di come influenzi gli stili di comunicazione può aiutarci a superare modelli comportamentali che sono causa di insoddisfazione e di frustrazione specialmente nell'ambito relazionale.

Secondo Eric Berne e Thomas Harris anche gli atteggiamenti comunicativi sono radicati nell'infanzia e influenzano le nostre relazioni quotidiane.

Gli atteggiamenti ok

Nell'analisi transazionale, si definisce con Posizione esistenziale il modo di intendere se stessi e gli altri nelle relazioni interpersonali. Queste modalità sono il frutto del vissuto psicologico di ciascuno di noi e vengono influenzate dal carattere, dalla cultura, dal lavoro, dalle soddisfazioni e insoddisfazioni della vita.

Riuscire a comprendere con senso critico il nostro comportamento prevalente è un grosso passo in direzione della conoscenza di noi stessi e apre la possibilità di migliorarci.

Secondo la teoria di Eric Berne le posizioni esistenziali sono quattro:

io non sono ok / tu non sei ok
io sono ok / tu sei ok
io non sono ok / tu sei ok
io sono ok / tu non sei ok

L'attitudine all'ascolto delle persone cambia a seconda dei diversi atteggiamenti ok.

Le caratteristiche di ascolto influenzano l'atteggiamento e il modo di interagire con gli altri.

La posizione io non sono ok / tu non sei ok è molto dannosa per l'ascolto e non induce una comunicazione efficace.

Le persone che assumono il comportamento non ok ascoltano quasi sempre in modo parziale; non fanno alcuno sforzo per ascoltare gli altri poiché, considerandoli a loro volta non ok, hanno poche ragioni per prestare attenzione e, solo raramente, sono interessati alle loro opinioni .

Nella prima socializzazione hanno incontrato genitori e figure di riferimento che non li ascoltavano e che non hanno prodigato nei loro confronti carezze, rassicurazione e attenzione. Da adulti si sono portati dietro questo atteggiamento di ascolto passivo, di non ascolto dell'altro.

Le possibilità di scivolare verso un livello empatico di ascolto sono molto poche e le loro relazioni sono del tutto problematiche.

La posizione io sono ok / tu sei ok è ottimale per un buon ascolto e per una comunicazione efficace.

Si presenta in genere quando genitori e insegnanti forniscono fin dall'infanzia un modello di comportamento attivo per quanto riguarda l'ascolto, preparando il bambino a focalizzare l'attenzione su chi parla, accettandolo senza esprimere giudizi e prodigando carezze, attenzioni e rassicurazioni con atteggiamenti comunicativi sia verbali che non.

In questi casi è molto probabile che i bambini svilupperanno concetti positivi e agiranno da adulti secondo l'atteggiamento ok-ok, quindi avranno uno stile comunicativo aperto, rilassato, logico, empatico e non giudicante: uno stile assertivo che induce una comunicazione efficace e buone relazioni aperte.

L'atteggiamento io non sono ok / tu sei ok è il classico complesso di inferiorità che viene dall'infanzia quando le figure di riferimento si sono poste in posizione di non ascolto.

Questa posizione risulta molto dannosa per il bambino, che scivola verso una sensazione di inadeguatezza, che difficilmente potrà essere modificata.

In questo caso l'ascolto è parziale, in quanto il bambino si è allenato ad ascoltare le parole senza porre attenzione per capirne veramente il senso. Di questa barriera soffriranno in modo importante tutte le sue relazioni interpersonali adulte.

L'atteggiamento **io sono ok / tu non sei ok** coincide con il complesso di superiorità che ha origine nell'infanzia quando il bambino è posto al centro dell'universo e gli viene così impedita quell'indispensabile maturazione coerente con il mondo in cui vive.

In tal modo il problema dell'attenzione è molto forte e da adulto il soggetto penserà che l'altro non è importante, poiché il re è solo lui.

In queste condizioni l'ascolto non può attivarsi o sarà solo parziale: l'attenzione all'altro è la grande assente, per cui le relazioni potranno essere solo superficiali e caratterizzate da uno scarso interesse.

Quelli che abbiamo visto sono comportamenti modellati secondo la cosiderazione che abbiamo di noi stessi; gli atteggiamenti verso l'altro ne saranno influenzati determinando tipo e abitudine di ascolto, quindi relazione.

Per essere più efficaci e risoluti da adulti, dobbiamo riuscire a identificare le condizioni infantili da cui abbiamo tratto le nostre radici comunicative e sforzarci di allargare la nostra consapevolezza. Come? Cercando di leggere e comprendere il nostro comportamento.

Il triangolo dei ruoli

> Tutto il mondo è un palcoscenico e tutti, uomini e donne, non sono che attori. Hanno le loro entrate e le loro uscite; ciascuno nella sua vita recita diverse parti.
> *Shakespeare*

La nostra psiche è una rete magica molto complessa: al processo di socializzazione, come abbiamo visto, risalgono i nostri comportamenti **ok** e **non ok**. E dai comportamenti **ok / non ok** derivano gli stili comunicativi che adottiamo e i ruoli che ricopriamo nelle nostre relazioni.

Lo studioso americano Stephen Karpman ha ideato uno strumento semplice e potente – il Triangolo dei ruoli – per analizzare i giochi che ciascuno realizza all'interno di ogni relazione quando il suo comportamento risulta essere non ok.

I ruoli del suo triangolo sono:

Persecutore
Soccorritore
Vittima

Quando una persona è in uno di questi ruoli risponde al "lì e allora" (passato) piuttosto che al "qui e ora" (presente), utilizzando vecchie mosse da copione decise da bambino.

> Gli strumenti della mente diventano ceppi quando l'ambiente che li rese necessari ha cessato di esistere.
> *Henri Bergson*

Il persecutore

Parte dalla posizione esistenziale io sono ok / tu non sei ok.

È il ruolo del genitore normativo negativo, rivestito da chi impartisce norme, regole e limiti che aumentano il malessere e la dipendenza dell'altro. Le persone che si comportano in questo modo in genere sono ipercritiche e, negli altri, cercano solo i difetti. Sono a caccia degli errori altrui e non sono facili a ricercarne i pregi. Pongono attenzione a ciò che va male e, in genere, per loro ciò che è fuori dagli schemi è negativo. Spesso ascoltano a un livello imperfetto, essendo più interessati a formulare obiezioni e rilevare che, ciò che l'altro sta dicendo o promuovendo, non funzionerà in ogni caso.

***Esempio:** descrizione di un dirigente che trattava gli altri colleghi in modo persecutorio.*

Non riesco a pensare a una volta in cui questo dirigente abbia espresso qualsiasi tipo di apprezzamento per un buon lavoro fatto da altri. Diceva che era loro dovere perché erano pagati per farlo, ma non ha mai perso occasione per criticare quando qualcosa non era fatto perfettamente. Ogni errore era per lui una condanna a morte.
Tutti se ne sono andati, hanno cambiato posto di lavoro per non lavorare con questo dirigente.

Il persecutore finge di non essere mai debole. Egli assume potere sugli altri attraverso la forza, la minaccia, l'aggressività e la violenza che non sempre è fisica, anzi più spesso è verbale, morale e psicologica. Le sue armi sono: sarcasmo, critica, giudizi forti e taglienti, atteggiamento supponente. L'effetto che queste armi sortiscono è la confusione e la paura: in questo modo l'altro si sente come un bambino sciocco e stupido e finisce per fare ciò che il persecutore gli ordina.

Per aiutare il persecutore bisogna convincerlo ad assumere con se stesso e con gli altri atteggiamenti di tenerezza, a volersi bene, a condividere amicizia per uscire dalla sua stessa trappola di aggressività.

Il persecutore esprime forza e aggressività ma nasconde debolezza e paura.

Il soccorritore

Parte dalla posizione esistenziale io sono ok / tu non sei ok, perché svaluta le capacità dell'altro.

Il soccorritore è un ruolo in cui agisce la parte di noi apparentemente protettiva, che in realtà non favorisce la crescita e l'autonomia dell'altro. Infatti il soccorritore, preoccupandosi dei bisogni altrui, di fatto aiuta gli altri in quegli ambiti in cui essi farebbero bene a sbrigarsela da soli. Salva persone che non ne hanno bisogno o che non lo chiedono e li salva perché in realtà questo lo fa sentire meglio. Dà continuamente consigli e si fa carico dei problemi altrui; si assume la loro responsabilità quando sarebbe meglio lasciare a ciascuno la responsabilità di se stesso.

Il soccorritore tende a delegare pochissimo, perché si sente di dover fare tutto da solo, il che lo porta a sentirsi vittima della situazione in quanto è sempre ingolfato, sotto pressione e finisce per non riuscire a smaltire quello che è il suo lavoro: finisce per lavorare 10 o 12 ore al giorno mentre gli altri vanno a casa in orario.

Ha sempre un'eccessiva preoccupazione che porta a un rapporto di dipendenza tra sé e gli altri.

Quando una persona sta parlando, il soccorritore è così occupato a pensare al miglior consiglio da dare che non ascolta per intero il problema con il risultato che spesso suggerisce soluzioni sbagliate.

Esempio

Antonio, dirigente, scoprì di ascoltare e comportarsi spesso come un soccorritore. Scoprì che ciò era sbagliato perché andava a svantaggio della crescita professionale dei suoi dipendenti e inoltre gli lasciava poco tempo per il proprio lavoro a causa delle continue interruzioni per soccorrere questo o l'altro. Scoprì che, rinunciando a questo atteggiamento, poteva ottenere molti vantaggi e aveva più tempo per sé e per il proprio lavoro; sentiva diminuire stress e tensione e i suoi dipendenti diventare più autonomi, dando risultati migliori. Quando si sentiva di dare consigli, cercava di fermarsi.

Trattenendosi dal soccorrere scoprì che le sue abitudini di ascolto erano cambiate: avendo smesso di sospendere l'ascolto per pensare al consiglio da dare, si trovò a potere ascoltare di più a livello attivo, capire i messaggi a fondo e memorizzare meglio.

Il soccorritore aiuta la vittima, ma la induce a restare tale, assumendosi responsabilità per cose di cui essa dovrebbe prendersi carico diretto. Si crea così il paradosso di un aiuto dato per il proprio bisogno, un aiuto non richiesto che può essere colto come un'invasione, una prevaricazione soffocante.

Il soccorritore ha paura di essere abbandonato, di non essere riconosciuto nei propri bisogni e finisce per essere il primo a non riconoscerli: cerca di risolvere negli altri proprio ciò che farebbe bene a risolvere in se stesso.

Interpretando quel ruolo, il soccorritore acquista un'identità e il riconoscimento sociale di cui ha estremo bisogno. Ogni fallimento viene vissuto con disagio, come una sconfitta personale, una perdita di significato della propria persona e della propria esistenza. Ciò gli risulta intollerabile e scatena una vera e propria disperazione aggressiva. La paura di non valere, di non avere diritto a esistere, di non essere riconosciuto, gli provoca una rabbia focalizzata verso l'interlocutore: così il soccorritore finisce per assumere il ruolo del persecutore.

Per aiutare il soccorritore bisogna spingerlo a valorizzare la sua persona piuttosto che le sue azioni, con l'obiettivo di sentirsi riconosciuto e amato dagli altri indipendentemente dall'aiuto che può fornire loro.

Il soccorritore esprime bontà e interesse; nasconde bisogni personali e solitudine.

La vittima

Quest'ultimo ruolo parte dalla posizione esistenziale io non sono ok / tu sei ok.

È il ruolo delle persone che si adattano anche quando la situazione non lo richiede, e questo non facilita il loro benessere. In questa condizione la vittima ha difficoltà nell'ascoltare le istruzioni, in quanto permette alle emozioni di pregiudicare la propria obiettività favorendo atteggiamenti difensivi e abbasando il livello di ascolto.

Esempio

Maria, segretaria, ci informa che spesso nei rapporti con il suo capo si sente vittima e pensa a lui come persecutore. Per esempio, giovedì pomeriggio il capo le ha dato venti pagine con grafici e tabelle numeriche da digitare a computer e da finire per lunedì. Maria, nella sua posizione di vittima, non ha ascoltato bene a che ora del lunedì avrebbe dovuto consegnare il lavoro; era presa dal suo problema, cioè che non pensava di riuscire a fare quel lavoro in tempi così brevi.

Si è sentita nervosa e frustrata, il che l'ha indotta a intraprendere il lavoro nel peggiore dei modi, con lentezza e imprecisione. Per le 10 del lune-

dì aveva battuto le pagine ma non le aveva corrette e, quando il capo le ha chiesto il lavoro, ha dovuto ammettere che non aveva sentito l'ora della consegna, che aveva finito il lavoro ma che non lo aveva ancora corretto. Lui si è arrabbiato molto e ha procrastinato di un'ora il tempo della consegna.
Maria si sentiva così agitata che ha pensato bene di andare a prendere un caffé e di continuare il suo lavoro al bar. A causa dell'ansia, uscendo dal bar, ha lasciato le sue pratiche sul tavolino dove il suo capo le ha casualmente trovate, per poi riportarle sulla scrivania di Maria che le stava cercando disperatamente.
Maria si è accorta di porsi nel ruolo di vittima, e che ciò l'aveva indotta a non ascoltare bene le istruzioni e a non finire il lavoro in tempo. Da questa posizione sbagliata di vittima era poi derivata tutta la situazione imbarazzante.
L'essersene resa conto ha aiutato Maria a focalizzare il problema e a cercare un comportamento migliore per il futuro.

Nel triangolo dei ruoli, la vittima convince se stessa di non essere mai forte, e che la sua debolezza permette agli altri di sovrastarla.

Caratteristiche della vittima: non ama la responsabilità e cerca di trovare sempre un capro espiatorio, qualcuno da incolpare per i propri errori; tende a lamentarsi e a non chiedere direttamente; è in continua posizione di attesa e di pretesa dagli altri; vede i propri comportamenti sempre in negativo (io non sono ok) con conseguente atteggiamento di inferiorità nei confronti degli altri; sente la sorte accanita contro di sé, con ingiustizie perpetrate nei suoi confronti. Da questa posizione di grande disagio psicologico la vittima, per rivalersi da tanta ingiustizia, a volte può passare al ruolo di persecutore attaccando e accusando persone e situazioni.

Per aiutare la vittima bisogna fare sì che si convinca di avere in sé capacità e abilità sufficienti per garantirsi indipendenza, inducendola a modificare il rapporto negativo che ha con se stessa.

La vittima esprime dolore e debolezza e nasconde forza.

Chi non può ricordare il passato è condannato a ripeterlo.
G. Santayana

Ciascuno dei personaggi del triangolo pensa di agire per il bene dell'altro, invece agisce solo in funzione di ciò che è bene per se stesso, aspetto che facilita incomprensioni e rapporti patologici. Per ovviare a ciò, il soggetto deve prendere consapevolezza del proprio comportamento e dei propri bisogni inespressi, deve assumere un atteggiamento logico e razionale e chiedersi il perché del proprio atteggiamento e di quello degli interlocutori.

Solo così potrà sostituire i comportamenti automatici con quelli dettati dal buon senso e dalla ragionevolezza. Per intervenire in una relazione deformata come quelle viste in precedenza, ciascuno deve innanzitutto chiedere all'altro che cosa si aspetti da lui, per concordare insieme un percorso comune e per soddisfare attese che in altro modo rimarrebbero insoddisfatte. Il dialogo e la negoziazione sono necessari per fondare rapporti sani e costruttivi.

Vediamo, allora, alcune tecniche di autoascolto per riuscire a educarci a quello stile assertivo che abbiamo focalizzato come un modo sicuro per garantire relazioni privilegiate e una comunicazione efficace.

◎ In pillole

> L'atteggiamento ok / ok è il percorso ottimale per attivare un incontro positivo. L'interlocutore si rende subito conto della tua apertura mentale e, qualunque siano i suoi pensieri, la valuterà come un'eccellente biglietto di ingresso che faciliterà un atteggiamento flessibile.
> Se il tuo atteggiamento è io sono ok / tu non sei ok, il tuo concetto di superiorità risulta evidente all'interlocutore che si arroccherà su posizioni rigide; l'apertura necessaria per valutare le tue proposte sarà quasi impossibile e la relazione risulterà fortemente contaminata.
> Se il tuo atteggiamento è tu sei ok / io non sono ok, il tuo senso di

inferiorità risulterà molto contagioso e difficilmente l'incontro potrà avere una soluzione positiva per te. Verrà confermata una mancanza di fiducia che si tradurrà in minore autostima.

- Se, infine, il tuo atteggiamento è io non sono ok / tu non sei ok, sarà pressoché impossibile attivare una relazione positiva in quanto i due soggetti non mostreranno segni di interesse reciproco.

Nonostante queste nostre riflessioni, non devi pensare di avere la vita scritta in modo definitivo: praticando l'autoascolto riuscirai a capire e poi a rimuovere molte difficoltà che ti hanno segnato ma dalle quali puoi prendere una certa distanza. Quando sei con il tuo interlocutore cerca di non attuare ruoli non ok. Pertanto:

- evita comportamenti da persecutore: il destinatario della comunicazione deve essere il soggetto più importante al quale dedicare tempo e rispetto. Se saprai aiutarlo ad amarsi, ti renderai conto di un suo cambiamento impensato e di un immediato cambio positivo della sua posizione nei tuoi confronti.
- evita di considerarti soccorritore: il tuo comportamento non gli consentirà di crescere e di conquistare i propri spazi, dimostrando invece la tua invadenza. Cerca di spingerlo a una autovalutazione positiva che lo metterà di buon umore rendendolo disponibile nei tuoi confronti.
- evita di essere vittima: non deve esistere nessuna situazione che ti possa relegare in una posizione così drammaticamente subalterna. Rendendotene conto potrai cambiare velocemente comportamento facendo attenzione alla comunicazione, verbale e non, che può aiutarti a guadagnare autostima. Se ti rendi conto che è il tuo interlocutore a sentirsi vittima, valorizza la sua personalità e aprirai opportunità di dialogo e di condivisione.

7.

Ascolto e competenza comunicativa

Esplorare non significa viaggiare; significa essere aperti alla varietà della nostra vita.
Waine W. Dyer

Un aspetto fondamentale per migliorare la nostra competenza comunicativa e, con essa, la qualità delle nostre relazioni è l'ascolto.

Nella società attuale è prevalente la cultura dell'Io, a scapito del "tu" e del "noi". Per questo motivo è sempre più diffusa l'abitudine al monologo a discapito del buon ascolto reciproco e si finisce col considerare la relazione un'attività secondaria, una perdita di tempo e di energie.

A scuola si insegna a leggere, a scrivere, a far di conto, a memorizzare, a prepararsi per lavori di gruppo, ma non si insegna ad ascoltare.

Anche nell'ambito familiare, come abbiamo visto nel processo di socializzazione, non vengono poste le giuste basi per valorizzare adeguatamente l'ascolto come gesto di rispetto che comunica la nostra presenza attiva e la disponibilità alla relazione.

Conseguentemente, nell'attuale società, la capacità di ascoltare veramente se stessi e gli altri si è indebolita. Siamo talmente bombardati da immagini e rumori che, per non essere sopraffatti, ricorriamo a un sistema di autodifesa, cioè al non ascolto o a un ascolto intermittente, occasionale. Nessuno sembra più avere voglia o tempo di ascoltare gli altri.

La televisione abitua a un ascolto superficiale e distratto che si finisce per applicare anche alle relazioni interpersonali, prestando lo stesso tipo di ascolto ai messaggi non essenziali della tv e a quelli ben più importanti delle persone care che ci sono vicine o a quelle con le quali stiamo collaborando a livello professionale.

Proprio perché troppo spesso l'ascolto non viene attivato correttamente, non dobbiamo meravigliarci se le persone chiedono attenzione gridando o compiendo atti violenti. Tali eccessi, lungi dal raggiungere gli scopi prefissati, inducono a un ulteriore impoverimento della comunicazione, perché più si grida meno ci si capisce. Non soltanto ascoltiamo poco e male, ma avvertiamo nell'ascolto una sensazione quasi di allarme rispetto alla nostra integrità, perché maturiamo la sensazione che aprirsi all'altro comporti dei rischi:

- primo fra tutti, quello di lasciare all'altro la scena, lo spazio di esistere, offuscando così per un istante la nostra presenza
- e ancora il rischio di essere smentiti o deformati dalle parole altrui, manipolati a svantaggio della nostra identità.

Da questi rischi ci difendiamo non lasciando spazi vuoti ma facendo lunghi monologhi o falsi dialoghi faticosi da ascoltare.

La tentazione al monologo

Difficilmente oggi sappiamo resistere: quando si ha di fronte una persona disposta ad ascoltare, ci si concede al monologo senza preoccuparsi di quanto lo scambio si impoverisca. Queste lunghe conversazioni non sono dettate dal bisogno autentico di comunicare con l'altro, ma solo dal desiderio di affermare e rafforzare il proprio io.

I monologhi, infatti, sono la manifestazione di quel narcisismo indotto fortemente dalla cultura contemporanea: la funzione del monologo è di rassicurazione del proprio valore.

D'altra parte, la società competitiva in cui viviamo spesso premia proprio questo tipo di persone che parlano non per dire delle cose, per comunicare, per costruire o arricchire la relazione, ma per autoimporsi.

Eppure tutti sappiamo che ciascuno ambisce a essere ascoltato e compreso, in ambiente familiare, lavorativo, sociale.

Pertanto dovremmo affrancarci dal timore della manipolazione come conseguenza all'ascolto. Infatti, quando ci viene il dubbio di essere manipolati, possiamo ricordare che l'ascolto non è sempre teso alla propaganda delle nostre idee. Ci sono molte altre ragioni per ascoltare.

Ascolto, ampliamento di conoscenza

Non dobbiamo pensare che ascoltare in modo corretto premi solo il nostro interlocutore, anzi saremo noi i più interessati fruitori di questa funzione. Infatti, l'ascolto è un potente strumento di conoscenza che permette di avere una visione più ampia della realtà e ci dà l'opportunità di attivare lo stile assertivo che fornisce un ottimo ritorno relazionale.

Solo attraverso l'ascolto è possibile entrare in contatto con mondi diversi, guardare in modo aperto, leggere la realtà con maggiore libertà, fare tesoro delle esperienze che si condividono considerando che il punto di vista degli altri arricchisce e completa il nostro, stimolando l'elaborazione di nuove prospettive.

Ascoltare è aprirsi al mondo circostante, fare tesoro di conoscenza e crescere, ovvero adottare comportamenti adeguati e adattarsi con flessibilità alla realtà in continuo cambiamento.

Se ci si accorge che l'altro ha smesso di ascoltare, si smette automaticamente di parlare. Infatti a che cosa serve parlare se l'altro non ascolta a parte il fatto di monologare per promuovere se stessi?

Quando l'altro non ci ascolta capiamo di non essere importanti per lui e questo genera frustrazione, sofferenza e anche rabbia, oltre all'ansia da status di cui abbiamo parlato in precedenza che è il desiderio insoddisfatto di essere amati e riconosciuti. Tutto ciò mina inesorabilmente la relazione.

Ma vediamo qual è la nostra capacità di ascolto e il ruolo che hanno entrambi i soggetti della comunicazione, emittente e destinatario.

> Il discorso è un gioco che associa chi parla e chi ascolta nella lotta contro le forze della confusione. Se entrambi non fanno uno sforzo, la comunicazione interpersonale è senza speranza.
> *Norbert Weiner*

Si intende associata ai due soggetti della comunicazione la necessità di fare uno sforzo per capirsi, contro la confusione di una relazione che se non è condivisa non esiste.

Mappa: i tempi del comunicare

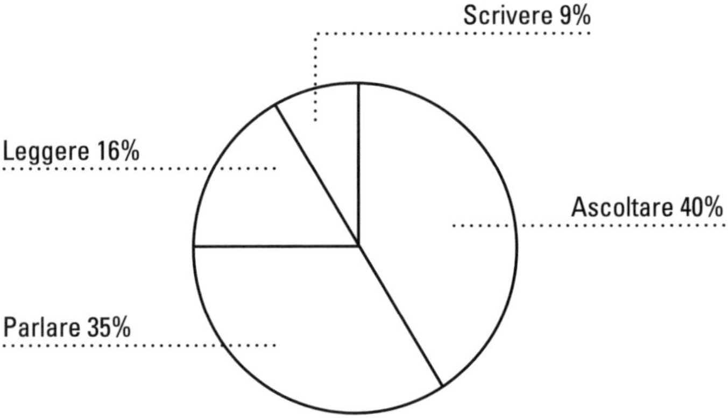

Fonte: Ralph Nichols, Are you listening, McGraw-Hill, New York 1957.

In questa mappa vediamo che l'ascolto è la funzione che risulta preponderante nella comunicazione: ben il 40% del tempo che passiamo a comunicare è dedicata all'ascolto. Ma è questa la reale percentuale di ascolto? E poi: di che tipo?

Ascoltare è un processo mentale molto più sofisticato del semplice "sentire". È un talento da conquistare che richiede energia e disciplina, impegno attivo e non passivo come siamo soliti considerarlo.

Per sapere cosa significa ascoltare, dobbiamo chiederci:

- cosa vuol dire ascoltare veramente qualcuno?
- come ci si sente quando qualcuno ci ascolta veramente?

Le risposte a queste domande sono decisamente esemplificative del problema:

- raccogliere informazioni assumendo un atteggiamento empatico di partecipazione, critico ma non giudicante
- dimostrare attenzione in modo da incoraggiare chi parla a continuare senza mostrare impazienza e senza interrompere
- intervenire con alcune osservazioni incoraggianti che aiutino a portare avanti l'idea che l'altro sta esponendo.

Sono sufficienti queste premesse per renderci conto che l'ascolto attivo e partecipante è uno degli aspetti più difficili della comunicazione, ma che è anche uno dei più gratificanti.

Tra ascolto generalmente inteso e ascolto attivo esiste una notevole differenza: infatti risulta che la percentuale di ascolto attivo è solo del 20-25% del nostro potenziale, ciò che noi potremmo ascoltare realmente.

Per convincerci dell'importanza di un buon ascolto, ricordiamo che sapere ascoltare dà potere, perché chi sa ascoltare è in grado di concentrarsi, di dare il meglio di sé, ma anche di recepire al meglio le informazioni e le istruzioni che gli vengono date per poterne fare tesoro in ogni senso. Per imparare ad ascoltare in modo corretto occorre un certo sforzo, ma il ritorno relazionale è molto forte. Soffermiamoci a pensare quanto noi diamo agli altri in termini di ascolto: solo così potremo migliorarci.

Livelli di ascolto

Durante la giornata tutti noi ascoltiamo a diversi livelli di efficacia, a seconda del nostro stato d'animo, delle situazioni e delle persone con cui ci relazioniamo. Vediamo le caratteristiche dei tre livelli di ascolto per renderci conto a quale di questi aderiamo in modo prevalente.

Livello 1: ascolto empatico

Ci si astiene dal giudicare chi parla; si cerca di mettersi al suo posto e di vedere le cose dal suo punto di vista.

Comportamenti caratteristici di questo tipo di ascolto:

- essere attenti e presenti
- non lasciarsi distrarre da rumori esterni né interni
- fare attenzione agli aspetti della comunicazione dell'interlocutore: verbale, paraverbale e non verbale
- essere aperti a capire i sentimenti e i pensieri dell'interlocutore e sospendere i propri
- dimostrare in modo verbale e non verbale che si sta realmente ascoltando.

Si ascolta col cervello, col cuore e con l'emozione, aprendo la via alla comprensione, alla disponibilità, all'empatia.

Livello 2: sentire le parole ma non ascoltare veramente

In questo livello ci si ferma alla superficie senza cogliere i significati profondi della comunicazione.

Si "sente" quanto dice l'altro ma è uno sforzo capire che cosa intenda veramente comunicare.

Si ascolta utilizzando la logica e non il cuore o i sentimenti: l'emozione non gioca un ruolo importante di coinvolgimento. Chi parla può avere l'errata sensazione di essere ascoltato e capito data l'apparente attenzione. Tutto questo può facilmente indurre a fraintendimenti e incomprensioni.

Livello 3: ascoltare a tratti

Ascoltare a questo livello significa sintonizzarsi in modo uditivo, distrarsi e solo a volte accorgersi degli altri. Ma significa soprattutto prestare attenzione a se stessi: si segue la discussione solo per trovare il momento di esporre le proprie idee.

Questo tipo di ascolto è silenzioso (non si interviene), è passivo (fermi, sguardo fisso ma non interessato), non si hanno reazioni e coinvolgimenti; il linguaggio del corpo è sospeso.

La persona simula attenzione mentre sta pensando ad altro, è più interessata a parlare che ad ascoltare e, mentalmente, si prepara a ciò che intende dire quando verrà il suo turno.

Nell'arco della giornata, ascoltiamo alternativamente secondo queste tre modalità. Il nostro obiettivo, pertanto, è quello di spostarci sempre più verso il livello 1, dopo esserci resi conto esattamente di quale sia il nostro comportamento di ascolto prevalente.

Per diventare consapevoli di questi nostri errori riflettiamo su questa domanda: "Non potresti solo ascoltare?"

- Quando ti domando di ascoltarmi e tu cominci a darmi dei consigli, non fai quello che ti ho chiesto.
- Quando ti domando di ascoltarmi e tu inizi a dirmi perché non dovrei sentirmi in quel modo, calpesti i miei sentimenti.
- Quando ti chiedo d'ascoltare e tu credi di dover fare qualcosa per risolvere il mio problema, non mi aiuti, anche se può sembrare strano.

L'ascolto cui dobbiamo tendere sa indicare quale comportamento dobbiamo mantenere perché queste domande non vengano poste.

Vantaggi di un ascolto efficace

L'ascolto attivo è come un ricamo ben fatto che presenta le sue caratteristiche di gradevolezza da ogni punto di osservazione.

Ciò accade quando riusciamo ad ascoltare in modo efficace ed empatico. Vediamo alcuni vantaggi che derivano da questo tipo di ascolto:

- minore tempo da dedicare a risolvere problemi perché abbiamo veramente inteso informazioni e istruzioni
- maggiore autostima e fiducia in noi stessi perché riusciamo a rapportarci meglio con gli altri e siamo in grado di costruire ponti di collaborazione
- maggiore produttività e meno errori data la qualità delle informazioni memorizzate
- aumento del rispetto e della fiducia in noi stessi e rapporti più positivi con gli altri.

Un amico, una persona veramente comprensiva, che si prende il disturbo di ascoltarci mentre riflettiamo sul nostro problema, può cambiare completamente la nostra visione del mondo.
D. Elton Mayo

L'ascoltatore che è in noi

Per diventare consapevoli nell'ascolto e migliorare le proprie abitudini è necessario esercitarsi regolarmente. Ascoltare "materiale" difficile o non familiare, come ad esempio una conferenza su un argomento che conosciamo poco, mette alla prova la nostra attenzione e aiuta l'approccio all'ascolto. Con l'esercizio ci abituiamo ad accendere e mantenere viva l'attenzione per tempi sempre più lunghi spostandoci gradualmente verso l'ascolto orientato empatico e attivo.

Barriere all'ascolto

Spesso tra i soggetti della comunicazione si presentano ostacoli, vere barriere determinate dalle cattive abitudini all'ascolto di cui non ci si rende conto. Chiediamoci: "Quando mi annoio durante una discussione o una riunione, in che modo sto ascoltando?" "Se divago, mi distraggo, fantastico, penso a ciò che vorrei dire se fossi al posto di chi sta parlando, faccio attenzione al significato del discorso?" Domande come queste ci permettono di cambiare qualcosa di cui non ci rendiamo conto.

Di barriere all'ascolto efficace ce ne sono molte; ne ricordiamo qualcuna.

- Nella nostra società parlare conferisce potere. Ciò induce un atteggiamento negativo verso l'ascolto, considerato un atto di passività e di arrendevolezza. È importante pensare che il potere è sia di chi parla sia di chi ascolta.
- La tendenza a sentire ciò che si vuole e non ciò che viene detto, soprattutto se non piace o se ricorda cose che fanno male, è un atteggiamento di cattivo ascolto.
- La risposta emotiva, quindi istintiva, che diamo può essere suscitata dall'influenza di ciò che l'altro dice e che accende entusiasmo o ira se non ci diamo il tempo per ascoltare e pensare. La nostra attenzione sarà solo parziale e la nostra relazione ne soffrirà.
- Le emozioni provocano forti effetti sull'ascolto e possono rappresentare barriere che inducono un ascolto parziale.
- Le barriere fisiche e psicologiche: scarsità di energia, fatica, problemi personali
- Le barriere semantiche (l'interpretazione delle parole): difficilmente due persone attribuiscono lo stesso significato a ciò che viene detto. In questo caso il filtro riguarda il significato che noi diamo alle parole, sulla base della nostra individuale esperienza.
- Le distrazioni esterne come:
  acustica non corretta o tono di voce inadeguato
  aspetto e maniere non idonee del relatore
  rumori forti e invadenti (traffico o macchinari in funzione)
  inappropriata temperatura nella stanza
  distrazioni visive di attività o scene esterne

Tra le distrazioni esterne possiamo perciò riconoscere qualcuno che scarabocchia nervosamente o che telefona, un temporale improvviso, una combinazione di colori alle pareti che disturba, l'essere tra persone sconosciute o qualcuno che batte il piede o tamburella con una matita.

Queste barriere all'ascolto è bene tenerle presenti, per poterle riconoscere e intervenire o per poterle abbattere almeno parzialmente.

L'importanza dei segnali non verbali

Nella nostra mappa della comunicazione abbiamo visto che il linguaggio verbale rappresenta il 7%, il linguaggio paraverbale il 38% e quello non verbale il 55%.

Durante l'ascolto questi linguaggi vengono tutti recepiti. Infatti, un buon ascoltatore percepisce molto di più delle sole parole: ascolta l'intensità, il timbro, il tono, il volume della voce e le sottili variazioni che questi segnali trasmettono; ascolta anche attraverso il linguaggio del corpo altrui.

Quando il comportamento di una persona rende perplessi, la cosa migliore da fare è parlarne con lei per prevenire equivoci. Ricordiamo che l'altro può non rendersi conto del proprio linguaggio paraverbale e non verbale. Cerchiamo di aiutarlo, ricordando che sono proprio questi i linguaggi più veritieri, quelli che possono stimolare una buona relazione: rendiamoli parte integrante del nostro ascolto. In questo modo potremo attivare quella competenza comunicativa che – come abbiamo esposto nella premessa – induce lo stile assertivo.

Imparare ad ascoltare se stessi

> Capire è interessante: i vincitori usano la loro capacità di comprensione per agire.
> *Howard Newburger*

> Conosci te stesso.
> *Socrate*

La più efficace attitudine all'ascolto non si esaurisce nell'ascolto dell'altro, ma si estende alla necessità di entrare in relazione con noi stessi mediante l'autoascolto. Con questo sistema di riflessione riusciamo a individuare le nostre migliori possibilità entrando nelle zone d'ombra per riconoscere abilità e obiettivi nascosti ma reali.

Possiamo così raggiungere una migliore consapevolezza di noi

Schema per un ascolto efficace

cosa fare	*cosa non fare*
Ascoltare con comprensione senza giudicare né criticare	Interrompere
Mantenere un contatto visivo	Giocherellare
Stare di fronte alla persona con postura aperta e rilassata	Non prestare attenzione a quanto sta dicendo l'interlocutore
Esprimere partecipazione a chi parla assentendo col capo e sporgendosi in avanti	Essere assenti con sguardo vuoto e stare semisdraiati sulla sedia
Seguire i sentimenti di chi parla con le espressioni del viso	Sedersi sul bordo e allungare le gambe come uno sbadiglio
Ascoltare l'intero messaggio attivando ogni aspetto, verbale e non, della comunicazione	Assumere posture chiuse

stessi e riconoscere che spesso tendiamo a vedere le cose in modo sbagliato, inducendo atteggiamenti difensivi, circuiti chiusi, stress. Questo comportamento ci fa perdere potere e autostima.

Esaminarci in modo critico, invece, ci aiuta a individuare convinzioni, valori e atteggiamenti per comprenderli e modificarli. È importante essere i migliori amici di noi stessi per chiarirsi dove sono le difficoltà e per aiutarsi a superarle.

Le convinzioni negative di sé

I problemi legati all'ascolto convivono frequentemente con la presenza di convinzioni negative su noi stessi. Queste convinzioni, attraverso un processo perverso, ci inducono a considerarci negativamente quando ci relazioniamo con gli altri.

Attivare affermazioni negative interne come "non riesco ad ascoltare in modo efficace" possono scatenare pensieri quali:

"non riesco a capire, non riesco a fare attenzione, perdo il filo di quello che dicono gli altri".

Questo dialogo interno può rafforzare il senso del proprio fallimento.

Si instaura, infatti, un processo del tipo "sì, ma", che funziona in questo modo:

- dovrei ascoltare con più attenzione. Sì, ma non riesco a capire
- dovrei veramente cercare di riuscirci perché mi sentirei meglio. Sì, ma non riesco a stare attento e comunque perdo sempre il filo di quello che dicono.

Questo "sì, ma" induce a stare immobili, è un abito mentale che inibisce l'efficienza e influenza in modo determinante la comunicazione e le relazioni interpersonali.

Ricordiamo anche che le convinzioni su noi stessi che si formano influenzano il nostro modo di parlare agli altri, perché ogni volta che parleremo di noi stessi a un'altra persona confermeremo come ci vediamo e ci sentiamo. Per questo, porre attenzione a come parliamo di noi stessi può essere un grande passo per modificare visioni negative e vecchie abitudini.

Non ascoltarsi impedisce la consapevolezza, ci costringe a vivere in modo automatico, a non avviare cambiamenti, a non operare scelte.

◎ In pillole

> Considera i tuoi errori come un'opportunità di apprendere cose nuove.

> Fai attenzione a che tipo di linguaggio adotti per parlare di te stesso:

- incoraggiante (da utilizzare): "lavoro bene anche sotto pressione e sto migliorando"
- repressivo (da non utilizzare): "non dovrei fare errori, sono stupido, non migliorerò mai".

> Mentre il linguaggio repressivo porta a galla la negatività, quello

incoraggiante ti fa sentire di poter controllare la tua vita e di essere già sulla buona strada.

> Esercita il linguaggio incoraggiante quando sei solo, a voce alta. Poi lo farai naturalmente anche con gli altri.
> Nel percorso al linguaggio incoraggiante, individua obiettivi realistici, raggiungibili nel breve termine, così da rafforzare la tua autostima.
> Tra l'agire bene e l'agire male vi sono anche traguardi parziali che rappresentano comunque un successo.
> Ripeti frasi propositive che spingono al miglioramento:

- oggi ho fatto un buon lavoro
- non ho fatto questo lavoro bene come avrei potuto: chi potrebbe aiutarmi a svolgerlo meglio?
- non ci ho pensato abbastanza. Cosa potrei fare la prossima volta per non ripetere l'errore?
- non può parlarmi cosi! Chi si crede di essere?

> L'autoascolto arricchisce la personalità perché sviluppa energia e volontà per attivare i necessari cambiamenti.

Come ascoltare in modo empatico

Quando l'interlocutore discute con noi un problema che per lui è molto importante, è necessario attivare l'ascolto empatico. Dobbiamo essere in grado di riconoscere questi momenti particolari per trarre il meglio dalla relazione con l'interlocutore.

Il modo in cui si ascolta e si risponde agli altri condizionerà il modo in cui loro decideranno di interagire con noi e ciò a seconda se si sentiranno ignorati, capiti, tesi o rilassati.

Vediamo quattro indicazioni utili affinché il nostro ascolto sia di tipo empatico:

- non siate critici
- non date giudizi
- non ponete domande in continuazione
- non chiedete troppi perché.

◎ In pillole

- > Mantieni la mente aperta e curiosa.
- > Presta attenzione alle nuove idee integrando quelle che hai già.
- > Attiva una buona consapevolezza che induca l'altro ad ascoltare con maggiore partecipazione.
- > Ascolta col cuore per evitare di dare giudizi.
- > Mantieni una visione distaccata e consapevole degli avvenimenti.
- > Attiva capacità introspettive: il desiderio di assimilare e capire ci aiuta a cambiare valori e atteggiamenti.
- > Concentra l'attenzione sui concetti proposti da chi sta parlando.

◎ In pratica

- > Prendi l'iniziativa. Concentrati su ciò che viene detto, stimola chi parla mostrando interesse con cenni di assenso non impegnativi.
- > Lavora sull'ascolto. Ascoltare bene richiede energia: informati con anticipo sull'argomento dell'incontro.
- > Focalizza l'attenzione sulle idee. Individua le idee principali di chi sta parlando e, man mano che vengono esposte, separale mentalmente dagli esempi pratici e concreti.
- > Prendi appunti sintetici, schematici e comprensibili.
- > Resisti alle distrazioni esterne. Scegli il posto dove posizionarti in base alle tue necessità visive, uditive e di concentrazione.
- > Trattieni le obiezioni prestando attenzione ai punti più delicati. Non lasciarti distrarre da fattori emotivi, cerca di seguire il discorso e di scoprire perché alcune parole ti turbano più di altre.
- > Quando non capisci bene, poni domande precise nel momento dedicato ai chiarimenti.
- > Sviluppa la massima concentrazione su ciò che viene detto e riassumi mentalmente.
- > Analizza i segnali non verbali di chi parla.
- > Sii critico sul contenuto del discorso, non sul modo di parlare dell'altro: confronta come vengono sostenuti gli assunti principali con il tuo metodo personale. Ascolta fino in fondo prima di giudicare.
- > Non confondere il messaggio con la qualità della voce, della personalità, dell'aspetto dell'emittente.

> Rispetto alla difficoltà di essere abili comunicatori, rifletti su questi due concetti:
- le persone preferiscono parlare piuttosto che ascoltare
- è l'ascoltatore che controlla la conversazione, il destinatario del messaggio, colui che crea il feedback.

> Mantieni viva l'attenzione: sii vigile, attento, concentrato e con un buon contatto visivo per cui l'altro si senta importante e più positivo.

> Interessati alle necessità dell'altro: bisogna ascoltare con comprensione.

> Ascolta secondo l'atteggiamento ok / ok, ovvero: non fermarti all'atteggiamento critico; porre troppe domande fa sentire l'altro sotto pressione; sii uno specchio, cioè cerca di provare ciò che prova l'altro.

> Non lasciarti coinvolgere troppo: l'emozione è importante, ma l'eccesso mina la lucidità.

> Rendi manifesto il tuo ascolto: incoraggia con assenso verbale e non; invita a dire di più: raccontami, discutiamone; mi piacerebbe sapere cosa ne pensi.

> Segui alcune regole di base: non interrompere, non sviare il tema, non interrogare, non fare prediche, non dare consigli, fai capire all'altro che sai come si sente.

Come farci ascoltare

Due persone camminavano su un affollato marciapiede in una zona commerciale del centro. Improvvisamente uno dei due esclamò: "Ascolta questo delizioso frinire di un grillo!" Ma l'altro non sentiva niente. Chiese allora al suo compagno come potesse percepire il frinire di un grillo in mezzo al frastuono della gente e del traffico. Il primo, che era uno zoologo, non spiegò che era abituato ad ascoltare le voci della natura, ma trasse di tasca una moneta e la lanciò sul marciapiede: subito una dozzina di persone iniziò a guardarsi attorno. "Sentiamo – rilevò lo zoologo – quello che cerchiamo di ascoltare".
Bhagwan Shree Rajneesh

Se vogliamo essere efficienti nelle nostre relazioni è importante conoscere quali atteggiamenti possono indurre l'altro ad ascoltarci.

Segnali non verbali
Poiché il comportamento non verbale di chi parla può influenzare l'ascoltatore, è il caso di soffermarsi su quale comportamento sia opportuno assumere per farsi ascoltare.

Atteggiamenti positivi: sorridere, fare cenni col capo, sporgersi sulla sedia, rimanere in silenzio empatico, assumere una posizione aperta e rilassata, toccare con solidarietà, avere un atteggiamento vigile e attento all'altro, non muoversi troppo, mantenere il contatto visivo, avere un'aria soddisfatta, piegare il collo in avanti, guardare dritto l'interlocutore, inclinare la testa in segno di massima attenzione.

Atteggiamenti negativi: alzare e aggrottare le sopracciglia, distogliere lo sguardo dall'ascoltatore, far roteare gli occhi, mettere le mani sulla testa, agitarsi in continuazione, abbassare la testa e lo sguardo, sospirare, ritrarsi indietro, avere lo sguardo torvo, lasciarsi cadere sulla sedia come per stanchezza, incrociare le braccia, guardare l'ascoltatore di traverso, assumere un'espressione critica, tamburellare con le dita, scrollare le spalle, gonfiare le guance, dondolare un piede.

I nostri comportamenti non verbali possono derivare da un'abitudine mimetica, di cui non ci rendiamo conto, riferita a differenti figure di riferimento. Ricordiamo, per esempio, quel dirigente che era solito aggrottare le sopracciglia perché così faceva suo padre quando si concentrava. Questo atteggiamento lo faceva sembrare sempre arrabbiato e critico e ciò interferiva moltissimo nelle sue relazioni. Quando se ne rese conto, riuscì a correggersi e tutto andò meglio. Per questo è opportuno ogni tanto controllare il proprio comportamento, per non avere sorprese.

Linee guida per chi parla

Per farsi ascoltare meglio e perseguire i propri obiettivi personali e professionali con assertività è opportuno seguire alcuni consigli.

- Sii sicuro di ciò che intendi dire: informazioni chiare e non confuse prima di tutto dentro di te.
- Cerca di sapere il più possibile del tuo interlocutore: è opportuno cercare di informarsi per conoscerlo almeno in parte prima di incontrarlo.
- Adotta comportamenti non verbali positivi, variando l'inflessione della voce, la velocità di eloquio e controllando le posture, il tutto con l'obiettivo di tenere vivo l'interesse all'ascolto.
- Individua la soglia di comprensione dell'altro: adegua il tuo linguaggio e precisa il significato di quelle parole che ritieni possano non risultare chiare.
- Fornisci all'altro gli appigli per una buona memorizzazione, associando nuove idee ad altre già familiari: questo sistema riduce i malintesi.
- Incoraggia il feedback ricordando che molte persone tendono a sopravvalutare la propria precisione di ascolto.
- Per migliorare la comprensione è utile fare domande su quanto è stato detto. Per chi parla è importante sapere se quanto è stato detto è stato anche recepito. Ricorda che il modello ideale della comunicazione non è lineare bensì circolare: questa fa si che si attivi una relazione, ma richiede una certa attenzione da parte dei due soggetti.

Il limite dei complimenti

Un'altra area di interesse per attivare una comunicazione efficace e una buona relazione è quella di sapere valutare il limite degli elogi. Infatti in molti casi, contrariamente a quanto crediamo, le lodi non sono gradite e possono provocare disagio e imbarazzo oltre a strani effetti difensivi ("mi sento imbarazzato, non so più cosa rispondere").

Insomma, i complimenti sono qualcosa con cui fare i conti.

Rappresentano spesso una minaccia, qualcosa da cui si sente il bisogno di difendersi. Non dimentichiamo che giudicare (anche fare una lode è un giudizio) implica un senso di superiorità che non è gradito all'altro. Vediamo, allora, quali sono le caratteristiche dei complimenti:

- la lode è una qualsiasi affermazione che dà un giudizio positivo sulla persona e che contiene poche altre informazioni significative
- la lode accompagna chi la riceve in una certa direzione (sei buono quindi...; sei intelligente quindi...) e questo non è gradito dall'ascoltatore.

Ricordare che la migliore risposta a un lavoro ben fatto non è la lode, ma un feedback positivo e senza giudizi.

Poiché gli individui di solito cercano la felicità, rispondere con un feedback positivo e efficace può aumentare le loro esperienze piacevoli e la loro autostima: questo induce a un buon ascolto che – come sappiamo – migliora ogni relazione.

◎ In pillole

> Quando non sei d'accordo, chiedi chiarimenti o ulteriori informazioni invece di disapprovare bruscamente.
> Trova un punto di accordo su cui basarti invece di dissentire subito.
> Controlla il naturale desiderio egoistico di prevalere.
> Usa ogni opportunità per rinforzare positivamente il comportamento, le idee o le azioni dell'altro.
> Ricorda che le persone desiderano un'attenzione positiva a quello che dicono e che fanno, vogliono capire che cosa ci si aspetta da loro e desiderano essere accettate assieme alle loro idee, per quanto è possibile.
> Se vuoi indurre l'ascoltatore a vedere le cose in modo diverso, evita minacce verbali o non verbali: diminuirà così il suo bisogno di difendersi.
> Ricorda che le persone pongono meno resistenza a seconda della

credibilità dell'altro. Devi pertanto costruire la tua credibilità mostrando le tue competenze, di essere affidabile, che stai facendo gli interessi dell'altro, di possedere energia e spinta per tenere duro e perseguire ciò che ti sei preposto.

> Ascolta sempre a livello empatico con un atteggiamento ok / ok e ricorda che questo atteggiamento:

- risolve i problemi dell'altro: chiarisce l'incomprensione e agevola il necessario sfogo emotivo
- libera l'atmosfera da tensioni e ostilità a vantaggio di una migliore attenzione
- facilita la collaborazione: se l'altro capisce che sei veramente interessato ai suoi problemi, ti rispetterà e sarà pronto a collaborare
- sviluppa una mente attiva perché l'ascoltatore empatico cerca i sentimenti al di là delle parole di chi parla, tenendo la mente viva e attenta
- può accrescere la consapevolezza di se stessi. L'ascoltatore empatico presuppone che l'altro abbia valore, dignità e sempre qualcosa da offrire, un atteggiamento che lo fa sentire a proprio agio con se stesso. Attivati perché l'altro ti consideri un ascoltatore empatico.

8.

La forza delle emozioni

> Ogni movimento dell'anima ha naturalmente un suo volto, un suo suono, un suo gesto; tutto il corpo umano, l'intero suo volto e tutte le voci suonano come le corde della lira, a seconda dell'impulso ricevuto da quello che l'anima prova.
> *Cicerone*

La comunicazione, oggi, è un processo dinamico altamente esteso a tutto quello che viviamo giorno per giorno. Direi che il nostro quotidiano è avvolto nella comunicazione. La società attuale, così ricca di stimoli, induce la necessità di impossessarsi di uno stile comunicativo adeguato che ci permetta di imparare a leggere efficacemente i tanti messaggi che ci vengono incontro in ambito personale, sociale e professionale.

Paul Watzlawick dice che tutto è comunicazione e che non si può non comunicare.

L'aspetto più inedito di questa presenza è legato al rapporto tra comunicazione ed emozioni.

La società occidentale alimenta un nuovo modo di guardare quanto avviene dentro e fuori di noi. Questo importantissimo fenomeno che ha cambiato i modi del comunicare possiamo definirlo come enfatizzazione delle emozioni.

Le discipline che prendono corpo nella comunicazione non possono non tenere conto di questa nuova ottica che interferisce in modo determinante col nostro modo di vivere, di lavorare, di leggere il sociale. Nelle nostre relazioni interpersonali dobbiamo sapere raccogliere e esprimere una comunicazione che risponda a queste esigenze.

Ragione e sentimento

Ogni individuo accoglie in sé diverse alterità che, di volta in volta, emergono a seconda delle necessità contingenti ed emotive.

La socità contemporanea alimenta nell'individuo con più facilità la parte razionale trascurando quelle connesse all'emotività.

Emotività e razionalità sono due cardini su cui si articola il nostro Io. Queste due forze sono state collocate all'interno di una gerarchia sociale di valori che spesso definisce la razionalità superiore in quanto obiettiva, ordinata, guidata dalla logica, mentre l'emotività è meno controllabile perché soggettiva, in un certo senso caotica, guidata dal corpo.

La cultura occidentale ha dato enfasi eccessiva all'affidabilità della mente razionale nel guidare le nostre preferenze e i processi decisionali.

Negli esseri umani razionalità ed emotività non sono funzioni autonome e separate ma in costante dialogo e interazione tra loro. E sappiamo che i processi emozionali sono modellati dai contenuti cognitivi dell'esperienza, così come l'attività razionale è influenzata dagli stati emozionali.

Studi recenti* hanno messo in crisi il concetto di quoziente intellettivo come misuratore dell'intelligenza, evidenziando la presenza di un'altra intelligenza, quella emotiva.

Lo studioso Daniel Goleman** ci dice che la sfera affettiva interagisce costantemente con la dimensione cognitiva della psiche ed è da queste dinamiche che scaturisce il nostro modo di essere e di entrare in comunicazione con l'ambiente.

Grazie agli studi sulle intelligenze multiple e alla psiconeuroimmunologia, oggi risulta che la parte di cervello emozionale è coinvolta nel ragionamento quanto quella razionale. Per questo,

* Howard Gardner è il principale rappresentante della teoria delle intelligenze multiple. Sostiene che la teoria classica basata sul presupposto che esista un fattore unitario, misurabile tramite il QI, sia errata. Cfr. *Formae mentis. Saggio sulla pluralità delle intelligenze*, Feltrinelli, Milano 2002.

** Daniel Goleman, *Intelligenza emotiva*, Rizzoli, Milano 1996.

lasciarsi guidare dalla sola razionalità senza il contributo della saggezza emotiva, oggi più che mai, può rivelarsi avventato.

> L'uomo possiede due centri: cuore e cervello – sentimento e pensiero. L'uomo del nostro tempo e della nostra civiltà ha sviluppato in misura particolare le forze cerebrali ed è quindi in costante pericolo di trascurare il suo secondo centro, il cuore. Non è però il caso di demonizzare il pensiero, la ragione: non è questa la soluzione. L'uomo infatti non deve scegliere tra l'uno e l'altro: deve restare in equilibrio.
> *T. Dethlefsen, R. Dahlke*

Addentrandoci nelle problematiche della società in cui viviamo, ci renderemo conto di quanto sia importante l'emotività. Ma vediamo meglio di intrattenerci proprio su questo argomento, occupandoci dell'intelligenza emotiva che ci porta a capire perché e quanto ciascuno di noi, nei molteplici ruoli in cui lo pongono le sue relazioni interpersonali, non possa non tenere conto di quanto sia coinvolta quella parte di cervello che elabora emozioni intelligenti.

Intelligenza emotiva

Sappiamo che le emozioni hanno un ruolo importantissimo nel determinare il risultato del nostro lavoro e del nostro benessere.

John D. Mayer e Peter Salovery, nel 1997, hanno pubblicato *Emotional Development and Emotional Intelligence.* Secondo questa ricerca le emozioni ci rendono più intelligenti e rendono più acuto il nostro pensiero razionale. Per aiutarci a capire le emozioni e gestirle con efficacia, ci viene proposto uno schema nel quale l'intelligenza emotiva è formata da quattro abilità correlate.

Identificare le emozioni. Le emozioni contengono un grande numero di informazioni. Ci segnalano che stanno accadendo fatti importanti nel mondo, sia esso interiore o esteriore, quello naturale e quello sociale, il mondo nel quale viviamo. Noi dobbiamo essere in grado di identificare queste emozioni e di esprimerle con consapevolezza nella comunicazione con gli altri. Quindi riuscire a inviare al meglio i nostri messaggi e sapere decodificare in modo corretto i messaggi altrui.

Utilizzare le emozioni. Dobbiamo renderci conto di come e quanto ci sentiamo influenzati dagli altri e dall'ambiente e cercare di capire cosa pensiamo delle situazioni che si presentano. Le emozioni dirigono la nostra attenzione sugli eventi importanti, quindi ci aiutano a risolvere molti problemi. Si tratta di modellare la nostra capacità di utilizzare le emozioni che lavorano con i nostri pensieri. Infatti la capacità di utilizzare le emozioni cambia la nostra prospettiva, permettendo di vedere il mondo in modo diverso e di sentire quello che gli altri sentono.

Comprendere le emozioni. Le emozioni non sono eventi casuali. Hanno cause sottostanti, cambiano seguendo certe regole e devono essere capite. Questo ci consente di modificare continuamente sia la nostra vita sia il nostro vocabolario comunicativo, che si impreziosisce e consente di migliorare tutte le nostre relazioni, perché un linguaggio consono saprà attivare dei feedback comprensibili.

Gestire le emozioni. Poiché le emozioni contengono informazioni e influenzano il pensiero, abbiamo bisogno di integrarle con i processi cognitivi, con le decisioni e gli aspetti comportamentali. Questo richiede apertura alle emozioni, positive e non.

> Aprite tutte le porte possibili, parlate a tutti, provate percorsi nuovi. Non abbiate paura.
> *Karol Wojtyla*

Vediamo ora come applicare i principi dell'intelligenza emotiva in tutte le nostre relazioni.

1.

L'emozione è informazione, non un insieme casuale di eventi caotici. L'emozione si verifica a fronte di un fattore importante per noi e per la nostra vita e serve a guidarci verso la conoscenza. L'emozione è multiforme: è mossa dal cambiamento, interviene nell'ambiente intorno a noi, nel contesto in cui viviamo o al quale partecipiamo; è qualcosa che inizia in modo automatico, spinta da altri fattori contingenti.

Genera cambiamenti dentro e intorno a noi, modifica il nostro modo di pensare e ci rende attivi; può dissolversi in fretta e non lasciare traccia; ci aiuta ad affrontare problematiche nuove, a sopravvivere in situazioni difficili, a prosperare e crescere a livello personale e professionale; può aiutarci a promuovere pensieri positivi che ci spingono verso traguardi interessanti.

Quindi l'emozione è un evento, un messaggio comunicativo molto forte che ci fa vivere un'esperienza importante e ci rende pronti ad agire facendoci uscire dai consueti schemi.

Le emozioni sono prevalentemente informazioni sulle persone, sulle situazioni professionali e sociali, sui cambiamenti che si verificano anche in modo assolutamente imprevedibile e veloce.

Le emozioni ci aiutano a sopravvivere sia come singoli individui sia come specie. Infatti le emozioni non appartengono solo agli esseri umani e la sopravvivenza nel mondo è spesso collegata alle emozioni che ci proteggono dalle sfide della vita.

Emozione	*Comportamento*
Paura	Corri, c'è pericolo
Collera	Combatti
Tristezza	Aiutami, sono ferito
Disgusto	Non mangiare, è velenoso
Interesse	Guardiamo attorno, esploriamo
Sorpresa	Attento, fai attenzione
Gioia/felicità	Cooperiamo, insieme siamo forti

Fonte: Gianpaolo Perna, *Le emozioni della mente*, San Paolo, Milano 2004.

Dopo milioni di anni di evoluzione, nel nostro ambiente tecnologico e civilizzato, ci chiediamo: ma servono ancora queste emozioni che sembrano così primitive? Tutti gli studiosi del settore rispondono in modo unanime a questo interrogativo: il mondo in cui viviamo è estremamente complesso e l'accesso alle nostre emozioni, ora come milioni di anni fa, è importante per garantire la sopravvivenza e l'adattamento.

2.
Possiamo cercare di ignorare le emozioni, ma non funzionerà. Lo psicologo Roy Baumeister ha scoperto che quando le persone cercano di sopprimere l'espressione delle proprie emozioni finiscono con il ricordare meno le informazioni. Sembra che il fatto di sopprimere le emozioni assorba energie e attenzione che altrimenti potrebbero essere utilizzate nell'ascolto e nell'approfondire le informazioni. Certamente possiamo approfondire le emozioni guardando ai fatti, cercando di inquadrarli in modo costruttivo. Possiamo vedere la situazione come una sfida da affrontare, cercando di ricavare qualche insegnamento dalla situazione: il che ci fa ancora una volta approfondire la comunicazione e migliorarla, perché le emozioni vanno sperimentate e non ignorate.

3.
Se cerchiamo di nascondere le emozioni, ci accorgeremo di non essere così bravi come crediamo. In genere, chi vuole nascondere le emozioni lo fa per proteggersi dagli altri. In questi casi ci si sforza per mostrare qualcosa che non c'è. Ad esempio, sul posto di lavoro si cerca di normalizzare le emozioni per non mostrare agli altri sentimenti forti che il gruppo non condividerebbe.

In uno studio rivolto ai luoghi di lavoro è emerso che la rabbia è espressa dal 53% delle persone, una percentuale molto alta, ma la sorpresa sta nel fatto che invece la gioia è espressa solo dal 19% delle persone. Questo perché le regole emozionali dell'organizzazione lavorativa dicono che esprimere gioia non è professionale, mentre la rabbia risulta l'espressione del potere e dell'autorità, che mostra a tutti chi è il capo.

Crediamo, invece, che la capacità di esprimere gioia sia un importante strumento da tenere in considerazione, perché saper esprimere la propria gioia o felicità ci aiuta a vivere meglio e stimola gli altri a liberare le stesse emozioni colorando la vita.

4.

Nell'ambito delle decisioni e dei cambiamenti, dobbiamo sempre tenere conto delle emozioni senza assecondare l'errata credenza che considera come due entità separate razionalità ed emotività. Le scelte più efficaci, così come in generale le condizioni di benessere, sono sorrette non da una situazione di prevalenza ma di equilibrio tra ragione e sentimento.

Gli psicologi Gordon Bower e Alice Isen, tra gli altri, hanno studiato le interazioni tra stati d'animo e pensiero e hanno scoperto che le emozioni influenzano il pensiero in diversi modi. Le emozioni positive tendono ad aprirci verso cose nuove, ci motivano a esplorare l'ambiente, allargano i nostri orizzonti e aumentano il nostro repertorio di comportamenti. Risulta che le emozioni positive, in particolare, ci aiutino a sviluppare nuove connessioni, a generare nuove soluzioni ai problemi, a interagire con gli altri facilitando le relazioni sociali.

Ma anche le emozioni negative sono molto importanti. Ci chiedono di cambiare quello che stiamo facendo o dicendo, riducono e mettono a fuoco il nostro campo di attenzione e ci fanno agire in modo più preciso. Comparandole con le emozioni positive, quelle negative tendono a essere percepite più intensamente, probabilmente perché a livello evolutivo la sopravvivenza è messa a rischio maggiormente quando percepiamo emozioni negative e la nostra risposta vitale è più forte.

Tutti amiamo le emozioni positive e riconosciamo il loro impatto favorevole sulla nostra salute, ma dobbiamo riuscire ad apprezzare anche le emozioni negative come il disgusto, la paura, la rabbia perché, ascoltandole, potremo salvarci da situazioni difficili e da gravi conflitti a livello personale, sociale, lavorativo. Per essere efficaci nella gestione della nostra vita, quindi, dobbiamo prestare grande attenzione sia alle emozioni positive sia a quelle negative.

5.
Le emozioni seguono schemi logici. Se l'evento che ha scatenato l'emozione continua o si intensifica, anche la sensazione a essa collegata diventa più forte. Le emozioni non si verificano a caso. Ognuna di esse ha un suo modo di muoversi, come le pedine degli scacchi. Bisogna avere l'abilità di scoprire quali pedine si hanno in mano e quali sono le regole. La conoscenza dei percorsi delle emozioni può servire per ridurre le sorprese che invece avremo se non valuteremo in modo consapevole questo percorso nel loro andamento in crescita. Ricordiamo che, in genere, il percorso delle emozioni è in salita perché, una volta accesa l'emozione, questa tenderà ad accentuarsi sino a che l'avremo definita.

6.
Esistono emozioni universali ma anche emozioni specifiche. Più frequentemente l'emozione segnala qualcosa di importante e per questo comunica con un segnale universalmente conosciuto. Ma a volte esistono emozioni specifiche che vanno valutate, in relazione alle differenze culturali. In questo caso la chiave di lettura è il contesto. Infatti, ogni cultura ha norme sociali differenti che regolano il comportamento e ciò che è accettato in un ambiente potrebbe creare imbarazzo in un altro. Ad esempio, in Giappone è socialmente accettato mangiare la minestra rumorosamente, mentre non è accettabile salutarsi con un abbraccio perché questo crea molto imbarazzo.

◎ In pillole

> Valuta sempre l'importanza che dai all'emozione nella relazione che stai attivando e concentrati a leggere il linguaggio del corpo del tuo interlocutore per riuscire a corrispondergli adeguatamente. Ricorda che senza l'intervento dell'emozione l'approccio risulta povero, perciò cerca di dare impulso alla tua IE e inserisci energia in ogni relazione.
> Lascia spazio all'emozione per aprire la tua visuale e per essere più flessibile.
> Cerca di cogliere che cosa muova l'emozione tua e del tuo interlocutore.
> Non consentire all'emozione di sopraffarti e cerca di riuscire a gestire la relazione anche nelle sue fasi critiche: considera l'emozione una eccezionale informazione utile per arrivare al cuore del problema e tenerne le redini.
> Ricorda che l'emozione viene dall'inconscio e il suo imprigionamento non è praticabile. Per questo devi imparare a gestirla e utilizzarla come informazione preziosa.
> Anche le emozioni negative hanno uno scopo informativo e di guida molto importante: non puoi e non devi ignorarle, ma capirle e saperle gestire.

9.

Seduzione, forza della comunicazione nella relazione

È attraverso i desideri, solo in minima parte coscienti, che noi interagiamo con il mondo.
Fulvio Scaparro

Nel percorso emozionale che abbiamo tracciato, non possono mancare alcune riflessioni sulla seduzione che coinvolge così potentemente la nostra vita.

Spesso ci si chiede perché alcune persone abbiano una così straordinaria capacità attrattiva. In verità la seduzione è un'arte che si apprende e si sviluppa con creatività. Non esiste una formula universale, ma è possibile trovare diverse formule di seduzione adattabili alle proprie capacità e ai propri interessi.

Prendiamo ad esempio la timidezza, ovvero quell'indole che più facilmente ci sembra in contrasto con il comportamento seduttivo. Ebbene, se noi riuscissimo a sospendere il giudizio di ciò che ci è sempre sembrato un grosso problema, ridimensionandone l'entità, saremmo pronti a trasformare questa timidezza in una qualità che altri apprezzano. Occorre consapevolezza, ovvero saper appoggiare il nostro pensiero sul problema per riuscire a ridurne l'intensità. Questo è un sistema per entrare e uscire dal gioco della seduzione in ogni ambito.

Nella relazione, la chiave della seduzione è riuscire a soddisfare nell'altro le esigenze emotive. L'appagamento di queste necessità indurrà una specie di dipendenza emozionale che avvia la seduzione.

Requisiti per sedurre: avere carisma, essere intriganti, avere magnetismo, essere consapevoli dei propri strumenti di fascino.

Tutte caratteristiche che poco hanno a che fare con la bellezza fisica, con il denaro, con la posizione sociale. Sono carte vincenti nella storia della seduzione e sono porte aperte nella storia della comunicazione interpersonale.

Seduzione vuol dire immedesimarsi nell'altro
È indubbio che per sedurre l'altro dobbiamo entrare in sintonia con lui. Un sistema che sembra assai condiviso è quello di "specchiarsi nell'altro". Pare infatti che, rispecchiando le parole, la postura, i gesti, la fisiologia dell'altro potremmo iniziare a sentire le stesse emozioni di chi abbiamo di fronte e vedere il mondo con i suoi stessi occhi.

La nostra mappa della realtà dovrà, in un certo senso, rispecchiare la mappa del nostro interlocutore. Infatti, in molti casi, noi amiamo e siamo portati ad accogliere persone che ci assomigliano, che hanno provato le nostre stesse esperienze, che sono segnate dai nostri stessi destini. Questo ben ci ricorda il dispositivo strategico alla base della pubblicità: il simile ama il suo simile.

Nella relazione interpersonale una frase che potrà aiutarci in questo senso è: "hai ragione, anche io la vedo così. Insieme potremmo avere un futuro veramente brillante".

Dobbiamo imparare a orientare il nostro mondo sulla lunghezza d'onda dell'altro. Questo è essenziale se si vogliono capire i meccanismi della seduzione: non significa plagiare o farsi plagiare, significa vedere l'altro con i suoi occhi, ovvero con i nostri che però hanno compreso l'altro in modo empatico, ponendoci nella sua prospettiva di ascolto.

Uno sguardo storico

La seduzione è un tema affascinante perché è un gioco comunicativo sottile in cui la parola diventa il tramite del desiderio e insieme il modo per scoprirlo.

Con seduzione oggi indichiamo uno stile di comportamento

che può portare a risultati vincenti in molti campi, dalla politica alla pubblicità, oltre ovviamente a quello classico della relazione nelle sue diverse forme.

Nel corso dei secoli il concetto di seduzione ha assunto significati diversi, indicando originariamente un atteggiamento negativo e perverso, successivamente una vera e propria strategia di conquista. In passato il significato della parola "seduzione" era strettamente legato all'etimologia del verbo latino *seducere*, sviare, composto di *se(d)* che indica "via", "separazione", e *ducere*, "condurre".

Designava pertanto l'atto di distogliere dal cammino, di "sviare" e, metaforicamente, di ingannare la ragione, annientando la volontà della persona.

Dalla tragedia classica fino al Decadentismo, ovunque, la seduzione veniva considerata una forza irrefrenabile, che portava alla sragionevolezza e alla perdizione. Nell'antica Grecia l'epiteto "seduttivo" veniva attribuito a delle forze impersonali , capaci di afferrare il soggetto e di sottrarlo alla propria personalità.

La seduzione era considerata un'opera divina e i significati del termine erano tanti quanti i personaggi che ne erano artefici. Ciascun dio conquistava con l'arma che più lo caratterizzava. Zeus con il potere, Afrodite con l'amore, Ermes con la parola e così via.

Anche Omero, narrando le gesta di Ulisse, ci presenta la seduzione come un'arte negativa, che identifica con donne ingannatrici e maliarde, impegnate a ritardare il ritorno dell'eroe in patria. È il caso di Circe, maga incantatrice, il cui fascino trasforma in maiale chi non riesce a resistervi, o delle Sirene, il cui canto è tanto dolce quanto distruttivo per chi l'ascolta.

La letteratura è ricca di esempi che testimoniano la veridicità del legame seduzione-perdizione. Basti pensare alla vicenda di Paolo e Francesca, descritti da Dante nel quinto canto dell'Inferno. La loro storia è l'esito di quell'amore appassionato che sconvolge i valori tradizionali dell'etica cristiana e conduce alla morte per l'incapacità di porre resistenza all'attrazione reciproca.

Viceversa la donna gentile dello stilnovo non seduce, ma eleva lo spirito di chi la ama verso Dio. Quindi amore spirituale come Bene e seduzione come Male.

Anche la letteratura cavalleresca sviluppa un ideale di amore su base negativa e considera la seduzione un'insidia cui non è possibile sottrarsi, una forza che allontana l'uomo dalla retta via.

È infatti originaria del tardo Medioevo francese la figura della *belle dame sans merci*, donna fatale che irretisce l'uomo senza averne pietà e lo conduce alla perdita della ragione.

Nelle corti francesi del Settecento, inoltre, quest'arma sottile veniva considerata un mezzo potente di prestigio: pensiamo al seduttore, freddo, spregiudicato, calcolatore dei sentimenti, e al sedotto, vittima delle manovre altrui.

Sedurre significava mentire e presentarsi per quello che non si era, offrendo, come Don Giovanni, sfarzosi omaggi e false promesse di matrimonio.

L'arte della seduzione si esercitava tanto meglio quanto più si usava l'intelligenza e si tenevano a freno le proprie passioni.

Anche l'amore come forma etica di realizzazione ha sempre respinto la seduzione in una zona immorale e perversa.

Nella tradizione cristiana, infatti, il grande seduttore viene identificato con Satana e tutto il destino degli uomini si compie attraverso un gesto originale di seduzione: Satana seduce Eva, Eva seduce Adamo.

Seguendo questa prospettiva, per molti secoli, l'aspetto etico del fenomeno è stato molto più documentato di quello descrittivo e psicologico. Per lungo tempo la seduzione è stata considerata un atteggiamento negativo soltanto sulla base di giudizi etici infondati e non si è evidenziato abbastanza come, in realtà, siano le condizioni e le finalità a renderla un processo moralmente condannabile. Di fatto, perfino la psicologia, nel corso della sua storia, ha prestato poca attenzione alle sorgenti che guidano la vita sentimentale umana: l'amore, l'intimità, l'attrazione

Il cambiamento si è verificato soltanto quando, in America e in Europa, cominciarono a diffondersi i primi studi sulle relazioni intime e sulle strategie del corteggiamento.

La seduzione oggi

Oggigiorno il concetto di seduzione ha perso la valenza marcatamente negativa che aveva in passato e indica piuttosto una vera e propria forma di attitudine comportamentale e comunicativa. Non si tratta più soltanto di sviare l'altro dalla retta via, ma anche di distrarlo dalla sua indifferenza per farsi notare e per rendersi interessanti.

La seduzione oggi rappresenta un insieme di accorgimenti per non restare anonimi e per passare dall'essere uno "qualunque" all'essere "qualcuno".

Il fenomeno seduttivo si è molto allargato, tanto che oggi ciascuno di noi è continuamente soggetto e oggetto di un atteggiamento seduttivo.

Come forma generale di interazione, infatti, la seduzione è presente in tutti gli ambiti sociali, da quello privato dei rapporti intimi a quelli pubblici dell'economia, del diritto, della politica.

Frequentemente (e purtroppo) anche l'arte per attrarre deve sorprendere, stupire, commuovere, sedurre ed essere aggressiva, nel senso di sapere farsi notare.

In politica, invece, è diventato decisivo il lavoro seduttivo messo in atto dalla trasmissione di un'immagine adeguata di sé. Il candidato ha imparato ad amministrare la propria figura, consapevole che l'attrattiva personale influenzi il consenso quanto più quotidianamente entra nelle case di milioni di potenziali elettori tramite i media e, in particolare, la televisione.

Da un punto di vista comunicativo, l'attuale candidato politico ha acquisito la capacità di non cedere alle pressioni, che esigerebbero da lui delle posizioni a senso unico. Celandosi dietro a una comunicazione oscillante tra il sì e il no, il politico può infatti parlare contemporaneamente a due elettori che nutrono posizioni contrapposte o comunque reciprocamente distinte, ottenendone in entrambi i casi il suffragio.

In riferimento a questa modalità di espressione, il discorso si amplia perché ci si rende conto che l'ambiguità del linguaggio è diventata una costante della comunicazione lusinghiera, non solo in politica. Giocata su quelle che Jean Baudrillard chiama strategie delle apparenze (1979), la seduzione compare anche in pubblicità.

Molti spot, infatti, sembrano sovrapporre alla capacità informativa una comunicazione coinvolgente, sensuale, creativa. Essi utilizzano delle strategie assolutamente estranee alla razionalità, nelle quali le caratteristiche oggettive del prodotto passano in secondo piano accentuando, invece, la relazione emozionale con la persona.

Il tramite tra l'oggetto pubblicizzato e i desideri del consumatore è molto spesso rappresentato dal corpo femminile, dove il fascino viene esaltato attraverso le musiche di sottofondo, l'atmosfera e la relazione affettiva con il prodotto. La donna è spesso rappresentata mentre usa le dita per tracciare in modo seduttivo il contorno di un oggetto o per accarezzarne la superficie (cfr. Erwing Goffman, *La vita quotidiana come rappresentazione*, Il Mulino, Bologna 1997).

Alla luce delle considerazioni fatte fin qui, possiamo concludere che la seduzione è un elemento decisivo in molti ambiti, in ogni età e nei diversi stadi evolutivi. Costituisce la trama del nostro contatto con il mondo.

È stato osservato che il bambino, sin dai primi mesi di vita, possiede un comportamento seduttivo. Egli, infatti, è in grado di emettere dei segnali capaci di neutralizzare l'aggressività dell'adulto e di attivare risposte positive. Questa facoltà gli deriva dalla combinazione di alcuni stimoli chiave (la conformazione del viso, gli occhi grandi e dolci, la testa rotonda, ecc.) , i quali fanno in modo che la madre si rivolga a lui con tenerezza, accompagnando le parole con gesti affettuosi. Il bambino, dunque, capisce molto presto ad esempio l'importanza dello sguardo o del sorriso e sa che con essi può ottenere senza fatica ciò che desidera.

Risulta anche che, nel mondo animale, durante la fase del corteggiamento, il comportamento dell'adulto è molto simile a quello infantile. Pare, infatti, che per aumentare la resistenza emozionale del legame, i mammiferi utilizzino alcune modalità analoghe a quelle della relazione madre-figlio ed attivino dei comportamenti di sottomissione capaci di neutralizzare l'aggressività del partner per incoraggiarne la vicinanza.

◎ In pillole

> Guarda con la tua mente ma specchiati negli occhi dell'altro.
> Considera la seduzione come una strategia comportamentale e comunicativa: ciò servirà a distrarre il tuo interlocutore dalla sua indifferenza e fare sì che si accorga della tua presenza.
> Personalizza le tue relazioni con lo scopo di non sentirti uno qualunque, ma qualcuno che sta lavorando per essere preso in considerazione in modo specifico.
> E ricorda: "un vincitore è un sognatore che non si è arreso" (Nelson Mandela).

Essere nessun altro che se stessi in un mondo che sta facendo del suo meglio, giorno e notte, per renderti uguale agli altri, vuol dire combattere le più dure battaglie possibili ad un essere umano: combattere e non smettere mai di combattere.
E.E. Cummings

Appendice

Saper parlare in pubblico

Dobbiamo imparare a comunicare anche in condizioni difficili, in cui l'emozione gioca un ruolo essenziale e condiziona i nostri rapporti personali e lavorativi.

Il desiderio centrale per chi intende parlare in pubblico in modo efficace, l'esigenza fondamentale nella maggioranza dei casi, si riassume in questa frase: "Quando devo alzarmi e parlare, mi sento così impacciato da non riuscire a pensare con chiarezza, a concentrarmi, a ricordare quello che intendevo dire. Vorrei acquisire sicurezza, equilibrio e la capacità di pensare mentre sono in piedi davanti a un uditorio. Vorrei riuscire a mettere insieme i miei pensieri in ordine logico ed essere in grado di parlare in modo chiaro e convincente nelle riunioni sociali o di lavoro". Come riuscire in questa impresa così faticosa?

Non esiste oratore nato

Oggi tendiamo a considerare il parlare in pubblico come una sorta di conversazione allargata ma limitata alle colazioni di affari, alle funzioni in chiesa, alla radio, alla televisione. Ma anche nella nostra vita sociale e professionale sono molte le occasioni in cui ci si trova a parlare in pubblico e in cui possiamo avere difficoltà. Per sdrammatizzare ricordiamo che basterà riuscire a tenere un discorso sensato, dove chi parla è un interlocutore, non un tribuno che arringa la folla. In questa ottica può diventare facile parlare in pubblico purché si seguano poche regole, semplici ma importanti.

Ciò che si vuole trovare è il coraggio di assumere la postura eretta e pronunciare un discorso o una relazione chiara e coerente.

Come concentrarsi sull'obiettivo

Focalizzate la vostra attenzione, immaginate che cosa significherà per voi acquisire la capacità di parlare con maggiore efficacia. Pensate a quello che significherà a livello sociale, alle amicizie che vi procurerà, all'accresciuta capacità di rendervi utili al gruppo cui appartenete, all'influenza che sarete in grado di esercitare sul lavoro: in breve, preparatevi a diventare un leader.

La capacità di comunicare efficacemente con gli altri e di conquistarne la collaborazione è una qualità che tutte le aziende cercano negli uomini che intendono destinare ai vertici organizzativi. Pensate alla soddisfazione e al piacere che provereste nel levarvi in piedi con sicurezza e nel comunicare con fiducia i vostri pensieri e i vostri sentimenti. Si prova un senso di forza, di potenza.

La vostra passione per la materia vi salverà. Se vi importa il risultato quasi sicuramente lo raggiungerete: se desiderate essere ricchi sarete ricchi; se desiderate essere colti sarete colti, ma dovete desiderare veramente queste cose in modo esclusivo, nel senso di non desiderare contemporaneamente un coacervo di altre cose.

Imparare a parlare a un gruppo di persone offre molti vantaggi e in primo luogo induce la fiducia in se stessi. Molte persone che si sono allenate per parlare in pubblico si sono accorte di quanto era ridicolo il loro imbarazzo e da quel momento hanno iniziato a sorprendere gli altri, i famigliari, gli amici, i soci, i clienti con il loro equilibrio e una nuova risolutezza.

Questo tipo di training influenza la personalità anche in modi che non sono immediatamente evidenti e risultano sorprendenti anche i vantaggi in termini di salute fisica e mentale.

Fate del vostro meglio per sviluppare la capacità di consentire agli altri di guardarvi nella mente e nel cuore. Imparate a rendere i vostri pensieri e le vostre idee chiare agli altri, agli individui, ai gruppi, al pubblico. Scoprirete che, insistendo nello sforzo, provocherete un'impressione favorevole e avrete un impatto come mai vi è accaduto prima.

Con questo sistema potrete trarre un duplice vantaggio: la vostra sicurezza si rafforzerà mentre imparerete a parlare con gli altri e tutta la vostra personalità ne risulterà migliorata. Nella nostra società parlare in pubblico può toccare a chiunque, uomini e donne, giovani e vecchi. I benefici che può apportare sul lavoro, nel commercio o nell'industria, sono notevoli come quelli che offre alla salute. Parlate quando potete, a poche persone o a molte, vi riuscirà sempre meglio e sentirete una nuova elasticità mentale, una consapevolezza di essere una persona completa e a tutto tondo come mai vi era accaduto prima.

Fare esercizio

In ogni disciplina fisica o psicologica occorre esercitarsi. Per imparare a parlare in pubblico dobbiamo cogliere occasioni in cui possiamo esercitarci senza subire traumi importanti quando i tentativi falliscono. Facciamoci aiutare prima da familiari e poi da amici che sappiano ascoltarci ponendosi in posizione critica nei nostri confronti. Ma ricordiamo che nessuno può imparare a parlare in pubblico senza parlare in pubblico.

George Bernard Shaw scoprì il metodo migliore, più rapido e sicuro mai immaginato per vincere la timidezza, la codardia e la paura. Decise di fare del suo punto debole la sua carta vincente. Non si lasciò sfuggire nessuna riunione in cui era previsto un dibattito e ogni volta si alzava in piedi per prendere parte alla discussione: così si trasformò in uno degli oratori più brillanti e sicuri di sé della prima metà del secolo scorso.

Le occasioni per parlare nascono ovunque. Quando assistete a una conferenza non sedetevi in fondo alla sala in silenzio. Parlate. Unitevi a qualsiasi gruppo vi consenta di partecipare a delle riunioni. Non esistono attività che non possano costituire una sfida a prendere la parola. Sarete sorpresi di scoprire che parlare in pubblico è un'avventura che può trasformarvi dentro e fuori.

Fiducia in se stessi

La paura ci può sconfiggere più di qualsiasi altra cosa al mondo. Paura e senso di inferiorità. Vediamo alcune considerazioni sulla paura del pubblico.

- Non siete gli unici ad avere paura di parlare in pubblico. Da indagini condotte risulta che oltre l'80% dei giovani hanno questa paura con una percentuale che cresce con l'età.
- Una certa "paura da palcoscenico" è utile: è il modo con cui la natura ci prepara a affrontare la sfida. Pertanto, se sentirete il cuore battere forte e la respirazione accelerare, non allarmatevi. Il corpo, attento agli stimoli esterni, sta preparandosi all'azione. Se queste reazioni rimangono entro certi limiti vi aiuteranno a pensare più in fretta, a parlare più speditamente e con maggiore intensità rispetto al normale.
- Molti oratori professionisti hanno assicurato di non riuscire mai completamente a superare la paura da palcoscenico. Quasi sempre la sentono un attimo prima di cominciare a parlare e talvolta perdura all'inizio quando pronunciano le prime frasi. È il prezzo che si deve pagare per essere cavalli da corsa e non cavalli da tiro. Gli oratori che affermano di essere sempre freddi e imperturbabili sono in genere poco comunicativi.
- Il principale motivo per cui avete paura di parlare in pubblico è semplicemente la mancanza di abitudine: il pubblico è un'incognita, carica di fattori di ansia e di paura. Per superare questa situazione spaventosa occorre esercitarsi e parlare in pubblico diventerà una gioia invece che un'angoscia, specie se si riuscirà ad accumulare una serie di esperienze felici.

La preparazione è essenziale

Soltanto l'oratore preparato merita di sentirsi sicuro. Suggerimenti per una buona preparazione.

- Non memorizzate mai il discorso parola per parola perché questo tipo di preparazione risulta molto dispendiosa in termini di tempo e di efficacia. Infatti, chi scrive e impara a memoria i propri discorsi spreca tempo ed energia perché rischia di dimenticare tutto appena si trova di fronte al pubblico. Se poi non dimentica, rischia comunque di pronunciare il discorso in modo meccanico perché le parole non gli verranno dal cuore ma dalla memoria.

- Riordinate le idee prima di parlare. La vera preparazione significa riflessione sull'argomento. Rimuginate, quindi, sull'argomento fino a che diventa fertile e maturo, poi annotate tutte le idee per iscritto in poche parole su foglietti mobili per inserirli al momento opportuno.
- Una volta raggiunto un certo ordine, impiegate le idee che avete scelto per il vostro intervento e, invece di esercitavi in solitudine, ripetete il vostro discorso a un amico e osservate le sue reazioni: potrebbero rivelarsi preziose. Potrete scoprire interpretazioni che potrebbero esservi sfuggite e argomenti che potrebbero essere coinvolgenti.

Il successo: un obiettivo reale

Vediamo come trasformare un'occasione di parlare, in un successo.

1. *Riflettete sull'argomento.* Dopo avere scelto l'argomento, dopo averlo organizzato secondo un certo ordine e avere fatto delle prove davanti agli amici, dovete convincervi dell'importanza dell'argomento che avete scelto. Dovete credere nella vostra causa, esplorarne tutte le fasi, afferrarne i significati più profondi e domandarvi come il vostro discorso aiuterà chi vi ascolta a migliorare per il semplice fatto di essere stati ad ascoltare.

2. *Allontanate l'attenzione dagli stimoli negativi.* Il pensiero di potere commettere degli errori o di non riuscire a concludere il vostro discorso è una proiezione negativa che vi toglie sicurezza. È quindi particolarmente importante riuscire ad allontanare l'attenzione da voi stessi prima che arrivi il vostro turno di parlare. Per fare questo, concentratevi su ciò che dicono gli altri e riuscirete così a evitare l'eccesso di paura da palcoscenico

3. *Incoraggiatevi.* Ogni oratore sperimenta momenti di dubbio sull'argomento che deve affrontare. Si chiede se l'argomento è quello giusto per lui, se riuscirà a suscitare l'interesse del pubblico. Spesso è tentato di cambiarlo. In questo caso deve attivare forme di incoraggiamento: deve dirsi che il suo discorso è quello giusto perché nasce dall'esperienza. Deve dirsi che è la persona

più qualificata. La motivazione basata sull'autosuggestione è uno degli incentivi più forti per un rapido apprendimento.

Uso dell'autosuggestione

William James dice: "La via maestra per il buon umore volontario, se il buon umore spontaneo è perduto, è agire e parlare come se l'allegria non mancasse". Allo stesso modo, per sentirvi coraggiosi, agite come se foste veramente coraggiosi e un'ondata di coraggio cancellerà ogni paura.

Per armarvi di coraggio quando siete di fronte al pubblico, agite come se già lo aveste; avviatevi con grande disinvoltura e respirate profondamente per trenta secondi prima di presentarvi al pubblico: la maggiore ossigenazione vi sosterrà e vi darà coraggio. Quando avete raggiunto il vostro posto, assumete una posizione eretta, guardate il pubblico dritto negli occhi e cominciate a parlare con sicurezza, come se ognuno dei presenti vi dovesse dei soldi. Immaginate anzi che si sono riuniti lì per chiedervi una proroga: l'effetto psicologico su di voi sarà utilissimo.

Ricordate che se riuscite a tenere a freno la paura per un certo tempo, la paura rimarrà lontana.

Il superamento della paura di parlare in pubblico si riflette positivamente su tutto ciò che facciamo. Coloro che raccolgono la sfida sperimentano un miglioramento anche nella loro personalità, in quanto superare la paura di parlare in pubblico apre a una vita più ricca e più piena. Scoprirete anche che, superata questa paura sarete capaci di affrontare problemi e conflitti con un nuovo senso di padronanza e di sicurezza.

Training rapido di eloquenza

Capita di ascoltare alcune interviste in cui un pubblico anonimo riesce a parlare senza imbarazzo. Parla di sé, delle proprie esperienze senza preoccuparsi di fare un discorso con introduzione, svolgimento, conclusioni. Eppure riesce a ottenere attenzione e anche approvazione dal pubblico. Questo concetto ci introduce a esaminare tre regole fondamentali per parlare in pubblico.

1. *Parlate di ciò che conoscete.* L'errore che molti oratori fanno è di decidere di parlare di argomenti che conoscono poco e ai quali hanno riservato una scarsa attenzione. Prendono un argomento a caso e fanno un discorso che risulta troppo lungo, che non interessa, perché il pubblico si conquista con fatti concreti.
2. *Prima di tutto la vostra passione.* Non tutti gli argomenti che ci interessano si dimostrano vere passioni. Per rendersi conto se un argomento ci appassiona dobbiamo chiederci: "Se qualcuno sollevasse delle obiezioni sul mio punto di vista, sarei disposto a difenderlo con convinzione?" Se la risposta è affermativa avete scelto l'argomento giusto. Infatti, un modo sicuro per valutare l'interesse del pubblico all'argomento è quello di verificare il proprio.
3. *Gli ascoltatori vogliono partecipare.* Il discorso può essere ben preparato, può riguardare un argomento che appassiona l'oratore ma, per un pieno successo, egli deve far sentire a chi l'ascolta che quanto ha da dire è per lui importante. Deve essere impaziente di trasmettere la sua passione agli astanti. L'oratore efficace desidera ardentemente che i suoi ascoltatori sentano quello che egli sente, concordino con i suoi punti di vista, facciano quello che ritiene giusto che essi facciano, gustino assieme a lui l'esperienza. È concentrato sul pubblico, non su se stesso. Tutto si deciderà nella mente e nel cuore degli ascoltatori: è come se l'oratore avesse una missione da svolgere.

◎ In pillole

> Raccontate quello che la vita vi ha insegnato se volete catturare l'attenzione degli ascoltatori. Infatti, il pubblico non si annoia se il discorso risulta vivo e provoca emozione.

> Parlate di cose vissute direttamente, saranno più calde e risulteranno più interessanti.

> L'argomento giusto da trattare è quello che avete fatto vostro mediante l'esperienza e la riflessione. Potrete trovare gli argomenti

scavando nella memoria e cercando nel vostro background gli aspetti significativi della vostra vita che hanno lasciato un'impressione molto viva.

- Gli argomenti che ricevono la massima approvazione dall'uditorio sono connessi a talune aree abbastanza ben definite: i primi anni di educazione; gli argomenti riguardanti la famiglia. I ricordi d'infanzia e di scuola catturano l'attenzione del pubblico, perché siamo tutti interessati al modo in cui gli altri hanno affrontato e superato gli ostacoli nell'ambiente in cui sono cresciuti. Ma come essere sicuri che a qualcuno interesserà ciò che vi è accaduto quando eravate giovane? C'è un test. Se qualcosa si staglia ancora vividamente nella vostra memoria dopo tanti anni, è quasi certo che risulterà interessante anche per l'uditorio. Interessa molto sapere quali sono state le prime lotte per farsi strada; come siete arrivati a un particolare lavoro a una certa professione. Parlate degli ostacoli che avete incontrato, delle vostre speranze, dei vostri successi: un quadro realistico di vita, se presentato con modestia, è materiale di sicuro interesse.
- Anche gli hobby e i passatempi risultano di interesse per il pubblico. Non potete sbagliare parlando di qualcosa che fate per puro divertimento.
- Molti anni di lavoro nello stesso settore vi hanno reso un esperto. Potete contare sulla rispettosa attenzione degli altri se discuterete particolari aspetti del vostro lavoro sulla base di anni di esperienza o di studio.
- Esperienze insolite: avete mai conosciuto un grande personaggio? Avete attraversato una crisi spirituale nel corso della vostra esistenza? Sono ottime esperienze da offrire al pubblico.
- Credenze e convinzioni: forse avete dedicato molto tempo e fatica a riflettere su questioni fondamentali con cui il mondo attuale deve confrontarsi. Se avete dedicato ore di studio a questi delicati problemi vi siete conquistati il diritto di parlare. Assicuratevi di portare sempre esempi specifici: il pubblico non ama generalizzazioni.
- La preparazione di un discorso consiste nello scavare in profondità nella vostra mente e nel vostro cuore e nell'estrarre alcune convinzioni essenziali che la vita vi ha depositato. Non dubitate mai dell'esistenza di questo materiale: è in attesa di essere scoperto da voi.

Triangolo magico: il discorso, l'oratore, l'uditorio

In questa parte parleremo del triangolo magico della comunicazione interattiva nel parlare in pubblico.

- Il discorso è il contenuto, come deve essere ricreato a partire dal tessuto della nostra esperienza.
- L'oratore è la mente nei suoi attributi, il corpo e la voce che danno energia al discorso.
- L'uditorio ovvero il target cui è rivolto il discorso, è l'arbitro assoluto del successo o del fallimento del messaggio comunicativo dell'oratore.

Questo triangolo è anche la riproduzione dello schema di comunicazione classico dove emittente è l'oratore; destinatario è il pubblico; messaggio è il discorso. E nel parlare in pubblico secondo lo schema indicato c'è un altro elemento fondamentale che dà l'impronta alla comunicazione: il feedback che corrisponde alla reazione del pubblico. Successo o fallimento, applausi, silenzio, fischi di rigetto. Il feedback del pubblico è l'elemento con cui si valuta l'efficacia del discorso e dell'oratore.

Il discorso

Esistono quattro aspetti da rispettare per assicurarsi l'attenzione dell'uditorio.

1. Delimitare l'argomento in modo da adattarlo al tempo che avete a disposizione.
2. Accumulare energia di scorta scegliendo gli argomenti con un certo anticipo. In questo modo si ha il vantaggio di potere approfittare del subconscio che nel frattempo lavorerà per noi. Infatti nel tempo libero si può approfondire l'argomento, raffinare le idee che si vuole trasmettere all'uditorio.
3. È bene non cedere alla tentazione di scrivere il discorso: una volta chiuso in uno schema lo si riterrà compiuto e si perderà la tensione al miglioramento e al cambiamento. Diceva Mark

Twain: “Le cose scritte non servono per un discorso; la loro forma è letteraria; sono rigide e non si prestano a una felice ed efficace proposta orale. Se il fine è quello di intrattenere e non di istruire, devono essere piegate, frastagliate, trasformate in un linguaggio più familiare, tradotte nella forma del parlare spontaneo, altrimenti annoieranno invece di divertire”.

4. Arricchire il discorso con illustrazioni ed esempi. Come acquisire questa importantissima tecnica che prevede l’utilizzo di materiale illustrativo? Cinque sono i modi per farlo:

- *Umanizzare la conversazione con storie personali.* Come detto in precedenza, si prova un ampio interesse per i racconti di vita privata.
- *Personalizzare la vostra conversazione usando nomi.* Nomi veri o nomi falsi serviranno per fare identificare e rendere realistica la vostra storia.
- *Arricchire la conversazione di particolari.* Ricorrete alla formula: Quando? Dove? Chi? Che cosa? Perché? E i vostri esempi avranno vita e colore.
- *Visualizzate dando una dimostrazione di quel che dite.* Più dell’85% della nostra conoscenza deriva dalle impressioni visive. L’oratoria, pertanto, deve essere un’arte visiva oltre che uditiva. Per arricchire la conversazione è utile fare ricorso ad alcune dimostrazioni visive: controllate con attenzione il materiale e le luci in sala per non rischiare pericolosi appisolamenti.
- *Usate parole capaci di evocare immagini.* Nel processo per ottenere e trattenere l’attenzione, che è il primo obiettivo di ogni oratore, esiste una tecnica che riveste la massima importanza, ovvero tenere sempre in considerazione che le parole sono capaci di evocare immagini: l’oratore più facile da ascoltare è quello che sa far fluttuare delle immagini davanti ai vostri occhi. Anche la citazione di proverbi o detti, similitudini usate da secoli, sono elementi visivi che appartengono all’immaginario collettivo e vengono immediatamente recepiti. Citare, per esempio, Omero, Dante o Shakespeare risulta efficace

essenzialmente perché trattano questioni particolari e riportano dettagli che contano mentre le loro parole evocano immagini chiare e suggestive.

L'oratore

Come rendere viva la conversazione. "Parlavano con spirito e vivacità. Gesticolavano appassionatamente con le braccia. La voce aveva un tono convinto. Irradiavano fervore e animazione". Vitalità, vivacità, entusiasmo: sono le prime qualità essenziali in un oratore. Come acquisirle? Vediamo tre regole fondamentali.

- *Scegliete argomenti che vi stanno a cuore.* Il successo non può sfuggire se si sa scegliere l'argomento giusto prima di tutto per noi stessi. Continuate ad approfondire quello che considerate un buon argomento. Più ne sapete e più aumenteranno la passione e l'entusiasmo che, parlando, trasmetterete al pubblico.
- *Rivivete la scena che state descrivendo.* Il racconto in terza persona non appassiona il pubblico che preferisce sapere cosa avete provato in quella specifica situazione. Uno dei motivi per cui andiamo al cinema o a teatro è che vogliamo vedere e sentire esprimere delle emozioni.
- *Mostratevi convinti.* Quando vi presentate al vostro uditorio per prendere la parola, fatelo assumendo l'aria di chi pregusta quel momento e non come se steste salendo al patibolo. Se salirete in tribuna con passo sicuro e spedito, darete al pubblico la sensazione che avete qualcosa da dire e che non vedete l'ora di dirla. E quando comincerete a gesticolare, vedrete che ogni gesto sarà per voi uno stimolo e per i vostri ascoltatori una rivelazione emotiva. E ricordate: mostrate convinzione e diventerete naturalmente convinti.

Il pubblico

Il pubblico vuole partecipare. Ogni volta che parlate in pubblico, le persone che vi ascoltano dovranno percepire che il discorso è stato fatto proprio per loro. Alcuni oratori si recano sul posto un giorno prima per sondare opinioni e modi di pensare, insomma per "capire" le persone e la situazione con cui avranno a che fare. In tal modo, al momento del loro discorso, ne terranno conto portando esempi e collegamenti che proprio a quel pubblico stanno più a cuore.

Ecco alcune regole che vi aiuteranno a suscitare una sensazione di intimità con i vostri ascoltatori.

- *Tenete conto degli interessi del pubblico.* Se possibile, preoccupatevi di inserire nella vostra conferenza alcune allusioni ed esempi tratti dalla realtà locale. Alla domanda "a che cosa si interessa la gente" la risposta è "a se stessa" e su questa semplice verità costruite il vostro discorso. Ciascuno di noi pensa soprattutto a se stesso: come fare per risolvere i problemi, come andare avanti, come ottenere stipendi più alti, come godere di buona salute. Bisogna sapere incontrare i desideri e le aspettative del pubblico. Tutti i presenti sono ansiosi di sentire cosa avete da dire, nella misura in cui le vostre parole li riguardano. Gli oratori che non tengono conto del fondamentale egocentrismo degli ascoltatori rischiano di trovarsi davanti un uditorio irrequieto, persone annoiate che si agitano sulle sedie e guardano l'orologio.
- *Esprimete lodi oneste e sincere.* Il pubblico è composto di individui. Se criticate l'uditorio, se ne risentirà; se esprimete il vostro apprezzamento per qualcosa che ha fatto, vi sarete conquistati il lasciapassare per il suo cuore. Dovete dire agli ascoltatori qualcosa su di loro che non pensavano voi poteste sapere. Se non potete mostrare un sincero apprezzamento, evitatelo del tutto.
- *Rendete partecipe il pubblico.* Se sceglierete una persona del pubblico per aiutarvi a dimostrare un concetto o a drammatizzare un'idea, sarete premiati da un notevole aumento dell'attenzione. Un metodo ancora più semplice, ma di pari efficacia, consiste nel porre domande e ottenere risposte, di far votare i vostri ascoltatori su qualche questione o di invitarli a risolvere un problema. Questo fa si che l'uditorio diventi "partner nell'impresa".

- *Adeguatevi al pubblico*. Quando parlate siete come in vetrina: gli ascoltatori possono cogliere ogni sfaccettatura della vostra personalità. Ricordate che la modestia ispira fiducia e buona volontà. Il pubblico proverà per voi simpatia e rispetto se indicherete i vostri limiti, pur mostrandovi decisi a fare del vostro meglio. Al pubblico piace l'umiltà, non tollera invece le pose, le arie di superiorità e la superbia. Henry e Dana Lee Thomas, nel libro *Living Biographies of Religious Leader*, dicono di Confucio: "Non cercò mai di abbagliare la gente con la sua conoscenza esclusiva. Cercò semplicemente di illuminare con la sua simpatia comprensiva". Se abbiamo dalla nostra questa simpatia, avremo anche la chiave che apre la porta del cuore del pubblico.

I gruppi di lavoro

Nella moderna società del lavoro, recenti ricerche sul funzionamento organizzativo delle aziende italiane hanno evidenziato come riunioni e gruppi di lavoro rappresentino il più diffuso elemento di integrazione.

La maggior parte del tempo manageriale viene impiegata nella ricerca di soluzioni ai problemi aziendali attivando gruppi di lavoro particolarmente strutturati. Nel gruppo di lavoro, infatti, le informazioni si muovono con molta intensità e in numero maggiore, mentre la comunicazione e la relazione tra i componenti consentono un esame delle problematiche più intenso, critico e ponderato. Il manager che gestisce il gruppo di lavoro è una figura carismatica che rappresenta sia il gruppo sia l'azienda.

Cerchiamo di scoprire come un manager riesce a gestire questo lavoro in cui il coinvolgimento professionale e personale di tutti i componenti è alla base del successo sia delle persone sia delle organizzazioni. Essere un buon leader o un valido componente del gruppo è un obiettivo fortemente motivante.

Il cammino è denso di difficoltà, ma gli strumenti a disposizione e le conoscenze che si possono acquisire sono molteplici. La motivazione e la competenza comunicativa rimangono gli elementi essenziali per la riuscita di ogni progetto di *work force*. Infatti, sia il leader sia i componenti del gruppo devono riuscire ad attivare una comunicazione interattiva adeguata alle persone del gruppo stesso, una comunicazione aperta e flessibile che sappia declinare con maestria i diversi comportamenti interpersonali in modo da non suscitare conflitti insanabili ma stimolare dialogo e argomentazioni.

Quando poi nascono i conflitti, è necessario trovare il modo più efficace per dirimerli.

Le società hanno bisogno di manager che sappiano far crescere il lavoro di gruppo per attivare soluzioni efficaci e condivise dei problemi aziendali e per focalizzare l'attenzione e l'entusiasmo di ciascun componente sul processo di sviluppo della società stessa.

Quando i gruppi operano in maniera efficace possono risolvere i problemi più complessi, elaborare migliori decisioni, sviluppare maggiore creatività e contribuire ad alimentare capacità e fiducia più di quanto possa fare il lavoro individuale. I leader, pertanto, devono sapere gestire i gruppi di lavoro conoscendo regole e segreti per comunicare efficacemente le diverse esigenze organizzative e psicologiche.

Per assolvere a questo compito è necessario mettere a fuoco il progetto da svolgere e i problemi primari: dimensionare tutti gli sforzi per una gestione calibrata ed efficace dei componenti, in quanto è proprio su questa base che prosperano le attività e le competenze per garantire alle aziende risultati concreti.

Evoluzione dei gruppi di lavoro

Tutti i gruppi attraversano diverse fasi di sviluppo, stadi di attuazione propri di queste dinamiche: da quando iniziano a muoversi nella fase di semplice raggruppamento di individui sino a quando diventano un gruppo efficace che funziona in modo fluido. In tutto il suo percorso formativo il gruppo deve crescere mantenendo al suo interno coesione e intensa collaborazione.

Lo svolgimento dei lavori di gruppo sono molto diversi se:

- hanno una composizione tra i 2 e i 10 elementi
- sono di dimensioni più grandi, tra i 10 e i 20 elementi.

Ricordiamo che quando i gruppi sono numerosi diminuisce la loro efficacia, per cui si consiglia di creare sottogruppi più piccoli. Il motivo principale di preferire gruppi meno numerosi è che con l'affollamento la comunicazione e l'interazione propria di queste realtà diventano più difficili e si rischia di perdere il filo conduttore delle relazioni interpersonali che nei gruppi sono il fattore prevalente per il buon funzionamento e la garanzia per un'attività qualitativa e formativa.

Come attivare un gruppo di successo

Sono tante le caratteristiche che un gruppo deve avere perché risulti efficace, perché abbia successo. Vediamone le principali.

Scopo

Ciascun componente è in grado di descrivere l'obiettivo del gruppo e si sente responsabilizzato a perseguirlo. Gli obiettivi sono chiari, sfidanti e pertinenti alle abilità del gruppo. Le modalità per conseguire gli obiettivi e i ruoli dei partecipanti sono chiari a ciascun componente. Si tratta di un investimento personale e professionale individuale e collettivo che consente di gestire in prima istanza la relazione interpersonale tra tutti i componenti del gruppo. Lo scopo per cui il gruppo è formato deve essere un investimento motivante per ciascun componente.

Autorità

I componenti del gruppo sentono di possedere a livello individuale e di gruppo il potere di agire e acquisire le necessarie risorse. Le politiche aziendali supportano gli obiettivi del gruppo. Il rispetto reciproco e la volontà di aiuto risultano evidenti e non devono diventare motivo di conflitto comunicativo.

Il significato di autorità assume nel gruppo un carattere positivo solo se non diventa autoritarismo né da parte del leader, né degli altri componenti, in quanto ogni elemento vuole sentirsi investito di un certo potere che caratterizza il lavoro di gruppo, mentre la leadership è consolidata nel concetto di richiesta a nome dell'azienda.

Relazioni e comunicazioni

I componenti del gruppo riescono a esprimersi liberamente e con sincerità. Vengono espressi calore, comprensione e accettazione. I componenti del gruppo si ascoltano con attenzione; vengono sempre tenute in considerazione le differenze di opinione e di valutazione dei singoli.

Riflettiamo sull'impronta che deve essere data alla comunicazione intesa come scambio: una comunicazione interattiva e aperta dove il messaggio va al destinatario o ai destinatari in tutta chiarezza, corredato di quegli elementi che consentono un feedback preciso, capace di trasportare ogni messaggio in modo accurato e completo per consegnarlo ai destinatari che sanno accoglierlo, in un atteggiamento di ascolto attivo ed empatico.

Flessibilità

I componenti del gruppo svolgono ruoli e funzioni diverse quando è necessario; condividono la responsabilità per la guida e lo sviluppo del gruppo; si adattano al mutare delle circostanze. In questo modo vengono esplorate differenti idee e approcci.

La flessibilità è quella capacità che ci permette di guardare le situazioni con mente aperta, dilatando quegli schemi mentali che tendenzialmente vorremmo mantenere fissi per evitare perdita di energie ma anche per non correre il rischio di essere contaminati dalle idee degli altri. La flessibilità ci consente, invece, di aprirci ad altri mondi possibili dilatando la visuale informativa e valutativa: una pregiata merce di scambio.

Produttività ottimale

La qualità di lavoro del gruppo è eccellente; i meccanismi decisionali sono efficienti e seguono un processo ben strutturato.

La produttività passa dalla soddisfazione del lavorare insieme, mentre, di frequente, i premi di produzione assegnati dall'azienda lasciano delusi e scontenti. La competizione tra i componenti del gruppo dovrà essere a livello costruttivo e volta sempre a ottimizzare i risultati.

Riconoscimento e apprezzamento
I contributi individuali sono riconosciuti e apprezzati dal leader e dagli altri componenti del gruppo; i risultati ottenuti dal gruppo sono riconosciuti dai singoli componenti che si sentono rispettati. I contributi del gruppo sono riconosciuti e valorizzati dall'organizzazione.

Già abbiamo detto che l'autostima è un valore che tutti amiamo vivere e migliorare: quanti trascinano fino all'età adulta la paura di non essere stimati, di passare inosservati; quella voce che ci informa di non valere e che altri valgono di più. L'ansia da status che si genera sa trovare nel riconoscimento e nell'apprezzamento del gruppo il suo ridimensionamento.

Morale alto
I componenti sono soddisfatti dall'appartenenza al gruppo; dimostrano fiducia e sono motivati; sono orgogliosi e soddisfatti del proprio lavoro. Esiste un forte senso di coesione e di spirito di gruppo.

L'appartenenza a un gruppo, a una classe, a una categoria ci rassicura sulla solitudine sociale e sull'emarginazione. Questo bisogno dell'uomo è collocato da Abraham Maslow al terzo gradino della piramide dei bisogni, subito addossato ai bisogni primari di sussistenza e di sicurezza. Il gruppo di successo dà ai suoi componenti una forte rassicurazione che apre un vero senso di gratitudine : in questo modo il morale si alza assieme all'autostima.

Nessuno di noi è così brillante quanto potremmo esserlo noi tutti.

Osservare un gruppo in azione

L'intero processo dei gruppi di lavoro richiede tre capacità principali: la diagnosi, l'adattabilità, la legittimazione in termini di autorità. Sia il leader sia i singoli membri del gruppo devono, pertanto, non solo essere abili nel parlare e nell'ascoltare, ma più ancora devono sapere osservare il gruppo in azione e avere la capacità di dare un senso a ogni cosa che accade. Occorre cioè essere sia osservatore sia partecipante.

Si consiglia, in chiave formativa, al leader e ai componenti, di osservare altri gruppi al lavoro: non sarà certo una perdita di tempo ma una consapevolezza in più sulla delicata situazione relazionale che mantiene in equilibrio le persone durante la vita del gruppo, perché questo è il solo mezzo per raggiungere l'obiettivo finale.

Cosa e come osservare:

- le modalità comunicative e di partecipazione
- l'iter del processo decisionale
- il formarsi dei conflitti
- la gestione della leadership
- la definizione di obiettivi e ruoli
- quali sono le regole di un gruppo di lavoro
- quali possono essere le modalità per risolvere i problemi e dirimere i conflitti
- come si crea e qual è il clima che facilita l'autostima.

In questa posizione di osservatori, sia il leader sia i componenti del gruppo, acquisiranno strumenti e tecniche per:

- migliorare il proprio stile relazionale
- applicare un ascolto attivo
- stimolarsi per ricercare un linguaggio comunicativo empatico, un linguaggio assertivo, un linguaggio sensoriale
- fare grande attenzione al linguaggio del corpo
- imparare a riconoscere i tanti ostacoli e le barriere alla comunicazione
- imparare l'arte di dare e ricevere feedback efficaci,
- gestire gli inevitabili conflitti che si verificheranno specie nelle fasi preliminari e formative di un gruppo al lavoro
- imparare l'importanza di riuscire a gestire se stessi in un processo di autoascolto molto utile per ridimensionarsi sulla lun-

ghezza d'onda dell'altro o degli altri componenti del gruppo
- imparare l'importanza di essere chiaro, incisivo e sintetico nelle esposizioni; di sapere riconoscere i propri limiti, di riuscire a gestire un rapporto affrontando inevitabili scontri.

Ma impareranno soprattutto a capire come, sviluppando buone capacità di osservazione e di relazione potranno migliorare sensibilmente oltre alle loro condizioni lavorative anche quelle della loro vita privata.

Comunicazione e leadership nei gruppi di lavoro

Sempre più frequentemente gli individui si trovano a ricoprire ruoli da leader. Non c'è professione che oggi non abbia bisogno di leader con capacità di orientamento e di relazione. In particolare si tratta di sapere orientare le persone all'attività che rende produttivo lo stare insieme. Si tratta quindi di essere capaci di esporre idee nuove, dare suggerimenti, cercare informazioni, orientare in modo efficace il gruppo attribuendo ruoli, motivando i componenti, stimolando ciascuno all'approfondimento, controllando il livello di comprensione e di condivisione reciproca dei contenuti e delle informazioni. Ma si tratta anche di incoraggiare la partecipazione, facilitare la comunicazione, sollevare da tensioni il gruppo stesso, osservarne il processo evolutivo, saper risolvere i problemi interpersonali.

Sappiamo che non esistono indicazioni di stile o di atteggiamento per una leadership efficace valide in ogni situazione. È però importante che in un clima collaborativo ognuno sappia orientare l'azione del gruppo verso l'obiettivo prefissato e al tempo stesso sia capace di mantenere un buon clima relazionale. Il successo dell'attività di gruppo dipende in modo primario dalla buona comunicazione, ma anche dal modo con il quale il gruppo sa risolvere i problemi e sa procedere verso la loro soluzione. Nel gruppo tutti i componenti possono assumere comportamenti da leader quando il gruppo è giunto alla sua fase di maturazione. La leadership distribuita ha dei vantaggi non secondari. Infatti, essa rappresenta l'offerta rivolta a tutti di acquisire le competenze necessarie per orientare il gruppo e per mantenerlo unito, responsabilizzando tutti i componenti, mettendoli nella condizione di partecipare attivamente, con impegno e con un maggiore investimento di risorse.

Quando si lavora in gruppo è naturale imbattersi in opinioni e interessi diversi. L'educazione al confronto è la strategia più adeguata per valorizzare il conflitto trasformandolo in risorsa.

Il conflitto, infatti, si presenta come esperienza stimolante che amplia la capacità di riflessione della persona. Se valorizzato e governato all'interno di relazioni dialogiche e non violente, il conflitto può diventare positivo e tra punti di vista diversi aiuta la crescita culturale.

Oggi la soluzione dei conflitti e dei problemi è legata alla capacità di trovare risposte rapide e valide. Il processo decisionale è l'anima del lavoro di gruppo. La decisione in team è frutto di un ricco scambio comunicativo perché permette a tutti di orientare la vita del gruppo. In questo caso non solo il gruppo deve saper prendere la decisione migliore, ma deve saper procedere bene nella scelta cogliendo i contributi di ogni singolo appartenente.

Non è sufficiente mettere insieme degli individui per avere un gruppo di lavoro efficace, ma è importante che venga creato e mantenuto il clima comunicativo attivo per tracciare insieme un cammino e raggiungere la meta che il gruppo si è preposto.

Stadi di sviluppo del gruppo

I gruppi di lavoro passano attraverso quattro stadi, ognuno dei quali ha caratteristiche proprie. La gestione del gruppo va dimensionata in modo differenziato, come l'educazione e la conoscenza vanno trasmesse in modo diverso nelle differenti età della vita.

Stadio 1: orientamento

- Provare tensione media e alte aspettative.
- Provare ansia: come mi integro? Che cosa ci si aspetta da me?
- Valutare la situazione e le figure centrali.
- Dipendere dall'autorità e dalla gerarchia.
- Necessità di trovare una collocazione e di stabilizzarsi.

Lo stadio di orientamento ricorda il comportamento dei cani la prima volta che si incontrano. Si avvicinano rapidamente ma, prima di iniziare a giocare, diventano molto cauti e si controllano reciprocamente. Si chiama "lo stadio del fiuto".

La difficoltà maggiore al primo incontro tra leader e componenti di un gruppo di lavoro è di natura comunicativa e relazionale, ma anche autoriferita in base al proprio ruolo.

Possono essere una barriera le scarse capacità di apertura e di disponibilità a interagire con altri. Per allinearsi e iniziare a partecipare, la comunicazione verbale dovrà essere attenta ma sciolta, le posture dovranno essere aperte e rilassate, il tono di voce fermo e conciliante. Protagonisti l'osservazione e l'ascolto attivo, che caratterizzano tutto il primo stadio e la definizione della "prima impressione".

Stadio 2: insoddisfazione

- Si sperimenta uno scostamento tra aspettative e realtà.
- Ci si sente insoddisfatti della dipendenza dall'autorità.
- Ci si sente frustrati: nervosi rispetto agli obiettivi, compiti e piani di azione.
- Ci si sente incompresi e confusi.
- Si reagisce negativamente nei confronti del leader e degli altri membri.
- Competizione per potere e/o attenzione.
- Si sperimenta la polarizzazione: dipendenza/indipendenza.

Pur essendoci stati alcuni incontri, non ci sono stati accordi su strategie e piani di azione per conseguire lo scopo. I componenti sono insoddisfatti e pensano di non avere lavorato bene, né singolarmente né come gruppo. Così non si va da nessuna parte, anche perché tutti tendono a parlare contemporaneamente.

Il leader sa che si sta operando su un terreno normale e propone di fare un giro del tavolo invitando ciascuno a condensare in una frase ciò che pensa sia l'elemento più importante dell'esperienza.

Si rileva che, dopo questo giro di interventi, le persone sono ancora frustrate ma incominciano a capire alcune delle principali aree di preoccupazione. La riunione viene aggiornata su questa posizione che è di attesa ma rivela una apertura.

Questo stadio che sembra inefficace, invece è tutt'altro che improduttivo. Infatti è uno stadio che tutti i gruppi devono attraversare per diventare produttivi.

Può essere negativo quanto un adolescente trasgressivo: non è altro che un processo attraverso il quale si deve passare per lo sviluppo del gruppo.

Le persone si sentono molto a disagio, non si apprezzano reciprocamente e il morale del gruppo è basso. Vi è una caduta nel morale e nella fiducia non appena le persone si rendono conto che il compito del gruppo è più difficile di quanto si fossero aspettati all'inizio. Spesso hanno reazioni negative perché gli obiettivi sembrano troppo alti e provocano senso di confusione e inadeguatezza. Ma ricordiamo: nessuno stadio di sviluppo è negativo in sé. Ciascuno stadio è parte del cammino verso la produzione.

Il gruppo deve andare avanti per elaborare le problematiche connesse allo stadio di insoddisfazione. I componenti devono essere incoraggiati a esprimere le loro sensazioni di frustrazione e di confusione in modo da essere elaborate e risolte.

Nello stadio di insoddisfazione succede un po' quello che accade durante la luna di miele: durante il viaggio si cerca di non discutere, dopo si inizia a esprimere le opinioni.

È la necessaria sosta per riassestarsi, per ripensare, per riproporsi in modo propositivo, come dovremmo fare sempre quando lo scoraggiamento ci assale. L'obiettivo non è perduto, è solo schermato. La comunicazione tra i componenti è alterna, la relazione è al momento statica. Ma anche in questa fase di stallo ognuno dovrà rimanere in allerta e, con energia, far prevalere l'assertività allo scoramento. L'uso di sorrisi e di humor non fa male. Posture sempre aperte e rilassate a dimostrare disponibilità all'allargamento dei propri schemi mentali e alle nuove possibilità.

Stadio 3: svolta

- Decresce l'insoddisfazione.
- Si vanno superando le differenze tra aspettative e realtà.
- Si risolvono polarizzazione e animosità.
- Si sviluppano armonia, fiducia, sostegno e rispetto.
- Si sviluppano autostima e sicurezza.
- Si genera maggior apertura e vengono forniti un maggior numero di informazioni di ritorno (feedback).
- Responsabilità e controllo vengono condivisi.
- Viene usato un linguaggio comune.

Lo stadio dell'insoddisfazione sfocia nella svolta che viene raggiunta dopo una "sosta terapeutica" suggerita dal leader del gruppo.

Questa sosta ha l'obiettivo di indurre la riflessione, di rivedere le proprie paure e chiusure al cambiamento. Se non accettiamo l'attesa necessaria alla soddisfazione delle aspettative, reagiremo in modo negativo e rigido rispetto alla ricognizione, vanificando ogni tipo di relazione. Il gruppo deve invece rassicurare e prospettare che il raccolto ci sarà: dobbiamo continuare a credere e, anzi, adoperarci per sollecitare nuovi sbocchi, nuove soluzioni. La comunicazione deve essere sempre aperta, le nostre posture non devono irrigidirsi e dobbiamo praticare un ascolto particolarmente attento per potere raccogliere, nelle osservazioni dei diversi componenti del gruppo, possibili nuove direzioni.

Stadio 4: produzione

- Sentirsi stimolati dalle attività di gruppo.
- Lavorare in collaborazione.
- Percepire la forza del gruppo.
- Mostrare fiducia nella possibilità di realizzare i compiti.
- Condividere la leadership.
- Avere un atteggiamento positivo nei confronti del successo del lavoro.
- Ottenere risultati di alto livello.

In questa fase, a volte, non ci si rende conto di chi guida il gruppo, perché il gruppo a un certo momento procede da solo in modo fluido. Questo accade dopo parecchio tempo che il gruppo lavora. Il leader potrebbe dire: "abbiamo avuto i nostri momenti duri. Il mio lavoro è consistito nel lasciarvi essere gradualmente indipendenti, parallelamente allo sviluppo del gruppo, e direi che ci sono riuscito".

Siamo giunti, pertanto, allo stadio della produzione.

Il leader attiva una comunicazione efficace: stretta di mano energica e calorosa, vitalità e socievolezza con tutti. Tra i componenti è evidente il piacere di stare insieme, lavorare, ascoltarsi reciprocamente costruendo sulle idee altrui, raggiungendo l'accordo rapidamente. Si respira aria di rispetto e buone maniere. Se vi è ancora qualche dissenso, viene stimolato a essere espresso e, su quell'argomento, si discute con grande apertura; viene chiesto il consenso di tutti. Vi è la sensazione di avere raggiunto dei risultati e si avverte una grande soddisfazione.

Nei gruppi qualche scontro è necessario: come in un matrimonio, quando si sono superate situazioni di divergenza, l'unione si irrobustisce.

In questa fase il leader continua a incoraggiare i componenti a lavorare in situazione conflittuale: il gruppo sviluppa così la capacità di gestire il dissenso e di valorizzare le differenze. Solo così l'autogestione crescerà e, se si verificheranno difficoltà, il leader sarà ancora presente.

La comunicazione interpersonale è eccellente, i componenti si conoscono e si comprendono anche attivando inconsciamente la comunicazione non verbale, perché nel tempo e nelle diverse situazioni i corpi hanno parlato il loro linguaggio che è stato esattamente codificato. I feedback hanno sempre saputo riportare le informazioni esatte per fare proseguire la relazione. L'ascolto funziona in modo ottimale come una sentinella al suo posto di osservazione. Come in ogni relazione, quando l'accordo sembra raggiunto, sopraggiunge il timore di stabilizzarsi senza innovare. Allora è bene aumentare l'attenzione e, a volte, provocare il dissenso per attivare la critica.

> Innovazione è la capacità di vedere il cambiamento come un'opportunità e non come un pericolo".
> *Henry Ford*

Leadership democratica, autoritaria, situazionale

Finora si è pensato che vi fossero due soli modi per gestire i gruppi di persone: autoritario e democratico. Questi due tipi di leadership comportano entrambi un problema. Il tipo autoritario induce un modo di pensare che porta alla visione del mondo del tipo "io ho ragione, tu hai torto", ma questo non è il giusto approccio di una relazione. Il tipo democratico può facilmente consentire o provocare l'indolenza delle persone specie in riferimento ai risultati che possono facilmente essere nulli.

È perciò preferibile un altro tipo di leadership, quella situazionale. I leader efficaci adattano il proprio stile per fornire ai gruppi quello che essi non sanno procurarsi. L'opera di "manutenzione" si concentra sullo sviluppo e la conservazione dell'armonia e della coesione nel gruppo. Tali attività comprendono il riconoscimento, l'incoraggiamento alla partecipazione, la gestione del conflitto e la costruzione di buone relazioni.

Questi compiti non devono necessariamente essere svolti sempre dal leader: non appena i membri possono assumersi queste funzioni, come abbiamo visto, la cosa migliore è quella di delegare. Vi è un graduale spostamento di stile e funzioni di leadership al gruppo.

Nello stadio di orientamento i membri del gruppo forniscono entusiasmo e coinvolgimento al lavoro ma con poca esperienza, perciò hanno bisogno di direttive.

Nello stadio di insoddisfazione sono rarefatte le capacità e il coinvolgimento. Si confrontano duramente sia col compito sia col modo di lavorare e hanno bisogno di direttive e di supporto.

Nello stadio di svolta i membri del gruppo possiedono le capacità per ben lavorare ma hanno ancora bisogno di costruire atteggiamenti positivi e mantenere il morale alto, perciò hanno bisogno di supporto e di incoraggiamento.

Quando, infine, il gruppo raggiunge lo stadio di produzione saranno garantiti sia le capacità sia il tenore. Il leader può farsi quindi da parte o partecipare quale supervisore.

Perciò per portare un gruppo al successo il leader dovrà adeguare la propria leadership allo stadio di sviluppo del gruppo. In questo caso, le parole manager ed educatore sono sinonimi.

Il leader dovrà attivare una comunicazione eclettica, che riesca a ottimizzare ogni componente in relazione al suo carattere e alle sue funzioni. Dovrà pertanto possedere, oltre alle competenze sin qui descritte, anche quello "stile assertivo" di cui abbiamo parlato nel testo.

Testi consigliati

Bailey C.W., *Le 15 chiavi per il successo,* Astrolabio, Roma 1964.
Baldini M., *Educare all'ascolto*, Ed. La Scuola, Brescia 1988.
Bauman Zygmunt , *L'arte della vita*, Laterza, Bari 2009.
Bazzi T., Giorda R., *Il training autogeno teoria e pratica*, Città nuova, Padova 1988.
Bostock L., *Parlare in pubblico con sicurezza*, Mondadori, Milano 1995.
Britten R., *Vivere senza paura*, Tea, Milano 2006.
Colombari M., *Gesti spogliati*, Lupetti, Milano 2009.
De Botton A., *L'importanza di essere amati*, Guanda, Parma 2004.
De Chirico G.,*Training autogeno*, Red, Como 2002.
Emmett Rita, *L'arte di non rinviare*, Corbaccio, Milano 2001.
Fantechi C., *Parola di leader*, Lupetti, Milano 2006.
Fiorani E., *Grammatica della comunicazione*, Edizioni Dialogika, Milano 2009.
Giannelli M.T., *Comunicare in modo etico*, Cortina, Milano 2006.
Gross S., *Lintelligenza relazionale*, Longanesi, Milano 2009.
Kaneklin C., Aretino G., *Pensiero organizzativo e azione manageriale*, Cortina, Milano 1993.
James T., Shephard D., *Comunicare in pubblico magicamente,* Alessio Roberti, Urgnano 2004.Le Bon G., *Psicologia delle folle*, Tea, Milano 2004.
Lieberman D. J., *I rapporti con gli altri*, Tea, Milano 2009.
Pagni M., *La comunicazione autentica*, Apogeo, Milano 2008.
Perna G., *Le emozioni della mente*, San Paolo, Milano 2004.
Rampin M., *Di' la cosa giusta*, Salani, Milano 2007.
Ries A., Trout J., *Positioning*, McGraw-Hill, Amburgo 1984.
Righini F., Zadra R., *Maestro di te stesso*, Curci, Milano 2010.
Sclavi M., *Arte di ascoltare e mondi possibili*, Bruno Mondadori, Milano 2003.
Trapanese G., *Comunicazione e socializzazione*, Bruno Mondadori, Milano 2001.
Vanni C., *Consumo e comunicazione*, Franco Angeli, Milano 2007.
Volli U., *Il libro della comunicazione*, Il Saggiatore, Milano 1994.
Volli U., *Fascino*, Feltrinelli, Milano 1997.

Finito di stampare nel mese di maggio 2011
presso Stampa Sud, Mottola (TA)